# 觀看流星的正確方式

鍾旻瑞

# 目次

十歲的某個早晨／7
第二／16
醒來／36
時間差／46
泳池／50
Adios／72
流星／75

夏日之戀——78
島／80
菸——83
想念夏天／85
祕密——88
練習——94
觀看流星的正確方式／101

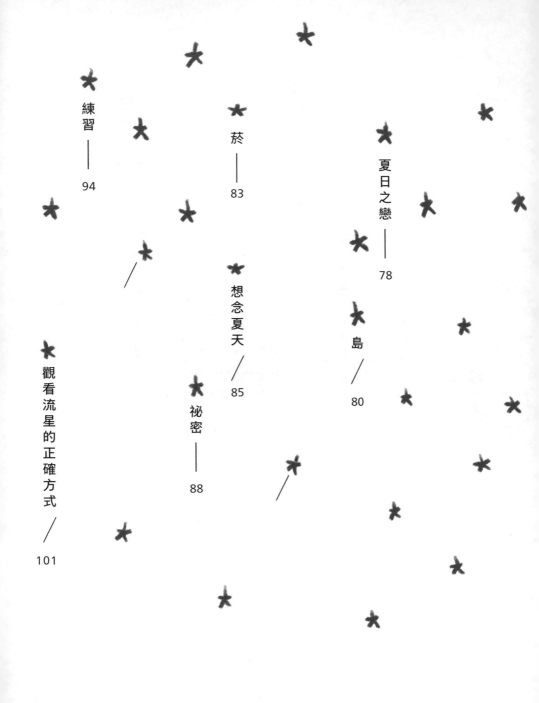

第五次約會的下午——112
煙火／139
指關節／156
肉球——172
容器／195
魔幻時刻——218
〔專訪〕小說的視覺在讀者腦中，時間在讀者手中 孫梓評——227

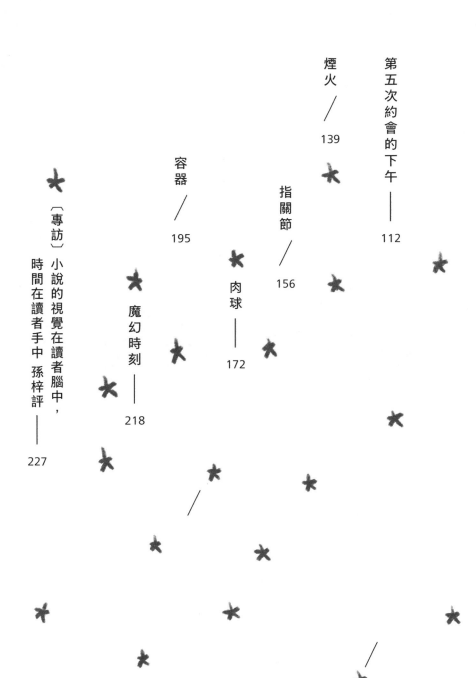

# 十歲的某個早晨

十歲的某個早晨，他從睡夢中醒來，突然有種極為深刻的感覺，那就是他的母親已經離開人世了。

他從窗外微弱的晨光推測應該剛日出不久，光線透過窗簾照進房內，將臥室染上了一層淡淡的藍色。那窗簾是他親自挑選的，他記得與父母親在那賣場看著型錄時，他伸手指了這個花紋，只因上頭寫著一個他不認識的字：「縹」色，換了新窗簾以後，他經常無意識地在課本的角落寫下這個字，認得一個新的字，就彷彿認識這個世界多一點。

不知是從什麼時候開始，他會在這樣的時間清醒過來，偶爾還伴隨著小腿莫名的抽筋、痠疼，大人告訴他那叫作生長痛，儘管難耐，他卻享受著那些感覺，幻想自己真的能在這無從預測的疼痛中長高長壯。

他蜷縮在床上，牆上沾染的顏色使得整個空間像是一個水族箱，每當他清晨轉醒，總會想像自己是一隻躺在海底的魚，忘了是在哪本書裡看見過，人類還在子宮裡，剛開始發育的時候，沒手沒腳的，形狀就像一隻魚。而此刻他的姿勢就彷彿嬰兒漂浮在羊水裡。

屋裡一片安靜，只有他床頭櫃上的指針滴答作響的聲音，他只需稍微抬頭便可以知道現在的確切時間，但他卻絲毫不敢移動自己的身體，他感覺被窩是某種結界，將夢給包裹起來，讓現實世界不被夢境內容給汙染。若將這一層薄膜破壞，他的母親就會真的死亡。因此他一動也不動，利用身體的每一吋皮膚去檢查，是否整個身軀都被覆蓋在棉被之下。

確認完畢以後，他全神貫注地聽，屋內是否有他父母的動靜，無論是翻身或起身如廁都好，但只有一片沉寂。其實從他的房門到父母房間不過五公尺的距離，但他什麼也聽不到，他想起母親向來有磨牙的惡習，但那是一種太微小的聲響，只在口中消耗自己牙齒的琺瑯質，完全不會驚擾任何人，即便和她睡在一起都不見得會聽見。他竟然恨起母親不會打呼，若母親現在能從臥室裡，用呼聲表示她還平安活著，他便能安心睡去。

他維持著相同的姿勢一動也不動，然而隨著呼吸起伏，一股不祥的感受從他的下腹慢慢浮現，尿意從他的腿間向上蔓延，直達腦門，那感覺漸漸變強，直到他完全無法忽視它的存在。他伸出手輕輕托住他的膀胱，它鼓鼓脹起，像是身體的一份包袱。吃飯、睡覺、上廁所，是沒有人能代替他做的事情。廁所就在走廊的盡頭，幾步之遙，但他卻受困原地，只因他想守護他的母親。

數分鐘以前，在夢裡，他參加了他母親的葬禮。

他短短十年的生命，其實從未參與過一場正式的葬禮，也因此在夢中出現的畫面，是他看過的電影片段隨意組合，顯得荒謬突兀。場景是一個陌生的會場，約是一個小學教室的大小，四周皆是白牆，僅有一扇大門通向外頭，中間則一列列整齊地放著給賓客坐的折疊椅。

夢中的葬禮似乎已經到了尾聲，沒有人致詞，亦沒有任何宗教人士的主持。他與父親穿著西裝站在一旁，注視參與葬禮的親友們，在座椅中央的走道排成一列，一一走向前，瞻仰他母親的遺容。來訪的賓客皆面無表情，他們走到敞開的棺木以前，盯著內部，滯留幾秒以後，便拖著機械的步伐離開。與其說是瞻仰遺容，他們的神情更像是在一個擁擠的美術館裡，排隊等待觀賞藝術品的機會。父親搭著他的肩膀，同樣的臉上空無一物，讀不出任何資訊的表情，彷彿整個空間裡只有他一人，正為了母親的離去難過。

賓客們從大門走進，行禮如儀地完成哀悼的表示後，再從大門離開。他定睛想去看那大門外的景色，但刺眼的光線讓他只能看見照片過曝般的死白，人進人出，賓客們的身影就在光線中凝聚與消散。有一瞬間他這麼覺得，並不是他看不到門外的光景，而是這宇宙中除了這小小的靈堂，一無所有，所以那門外本來就只能是一片空白。就好像打電動時，偶爾你操縱的角色距離牆壁太近，你在遊戲中的視角因而超出了場景的邊緣，於是目睹了你本不該看到，遊戲製造者沒有將素材填入的——空的空間。

不知什麼時候，所有的賓客都完成了致意，他的父親牽起他的手，朝著棺木的方向走去。暗紅色的棺木在靠近後遠比隔著距離看更為高大，表面上了亮光漆，他走近棺木時，看見自己在棺木上的倒影，影子走路的樣子非常陌生，一點也不像他自己。

他停在棺木前，輕輕踮起腳尖，往棺裡望去。

母親的面容彷彿只是睡著一樣，臉上掛著友善而放鬆的笑容。他曾多次觀察過母親的睡容，他發現神經質且經常多慮的母親，即便連睡著的時候眉頭都會微微皺起，似乎毫無舒緩的時刻。但此時此刻，母親的表情卻像棉花一樣柔軟，那表情讓他珍惜，這念頭一升起，他的罪惡感也伴隨著誕生，彷彿母親的死亡帶給他任何一點的喜悅。

就像是要懲罰他的想法，父親從後頭托起他的腋下，將他抱起，往母親的臉龐靠近，距離近到他幾乎可以看見眼周、嘴角還有鼻翼旁的細紋，他感覺那些線條好像一張地圖，鋪平在母親的臉上。

此時，一雙手臂將他從父親的手中接了過來，應當已經死去的母親動了起來，將他整個人抱進棺木裡，他被緊緊擁在懷中，臉貼著母親的胸口。那是他極為熟悉的觸感，母親穿著平時上班的襯衫，合成纖維的粗糙表面，摩擦著他臉部的皮膚，那感覺如此確實，一直到他醒時，都還是能輕易將那感覺召喚出來。

儘管他已經成長到不適合再被那樣抱著的身高，他還是像個嬰兒一樣縮在母親的懷中，嚎啕大哭起來，眼淚都浸濕了母親的衣服，直到那時他才深刻意識到母親將要永遠離開他了。母親摟著他，輕輕拍著他的背，母親的懷抱比記憶中的更加溫暖，卻又如此哀傷。

夢境就在這樣訣別的哀傷中，像電影的尾聲那樣，漸漸地淡出、泛白，直到他轉醒。因為夢中的一切都太過真實，睜開雙眼的那一刻，他便本能地相信了那是對現實的預言。他無法克制地害怕和擔憂起來，夢中眼淚大顆大顆流下的感覺，彷彿還留在臉上，他恐懼真的必須經歷那樣的失去與哀痛。

終於在此時，父母的房間傳來電子鬧鐘嗶嗶作響的聲音，六點到了，母親總在這樣的時間甦醒，替家人準備早餐。他全神貫注地聽著，深怕遺漏了什麼訊息。

在嗶嗶聲響重複了約三輪以後，他聽見一聲長長的嘆息，再來是某人從床上坐起所造成木頭的吱嘎聲響，那聲響結束後不久，鬧鐘的聲音停了。他的母親從睡夢中甦醒了，多麼日常的一連串動作，將他從失去至親的恐懼中給拯救了出來。

他依然不那麼確定，但母親如同她的日復一日，穿上拖鞋，發出啪嗒啪嗒的腳步聲，從他的房門經過，他這才漸漸安心。

他的堅持和警覺救了他的母親，是他一動也不動，以身體當作壁壘，才將夢裡的景象永永遠遠地封印在他自己的腦中。他如此堅信著。

一鬆懈下來，他才意識到自己多麼地疲倦，閉上眼睛，便維持著相同的姿勢睡著了。

他再次醒來時，是被母親的叫喚聲給吵醒的。不久以前那惡夢般的經歷，早已如同上輩子的事一般，被他拋諸腦後。

他花了一些時間讓自己清醒，確認現在的狀況。接著便立刻意識到災難的發生：他的下半身完全浸濕在尿液當中。是的，他尿床了。一陣涼意從他的大腿之間竄起，背上也冒出了雞皮疙瘩。他掀開被子，想確認裡頭的慘狀，看見身下灰色的床單，已被他的尿液沾染出一塊大陸板塊般的形狀。

母親喚他起床的聲音再次從門外的餐廳傳來，他因害怕而噤聲，但這也毫無用處，他接著便聽見母親的腳步聲逐漸靠近，無計可施的他，竟再次鑽回被窩，裝出假寐的模樣。母親進了門，見到他還在睡，生氣地叨念了幾句，伸手將他的被子掀了起來。上學要來不及了。她這樣說，然後看見了床單上的圖騰。

因為不知所措而呆站原地，他幾乎是被母親半推半拉地丟到浴室裡頭，再將乾淨的內褲塞到他的手中，他聽見父親在餐廳哈哈大笑的聲音。他將褲子脫掉，從鏡子裡的反射中，望見他赤裸纖瘦的下半身。洗著被染成淡黃色的白內褲時，一股突如其來的羞愧襲來，他的眼淚就這樣掉了下來。

他帶著乾淨的屁股和褲子走出浴室時，母親依然毫不休止地碎唸著，同時一邊更換他的床包和被套，他站在房間門口看著她忙上忙下，濕掉的床單像是被遺棄一樣，被丟在床腳邊。接著母親轉過頭，對他喊道，「站在那裡做什麼？還不快去吃早餐？」他才踩著小小的步伐，往餐桌走去。

父親吃著手中的早餐，看了他一眼，又笑了幾聲，但隨即便說，「沒什麼，會好的，再長大就不會了。」然後將他面前的餐盤往他的方向推了一點，示意他開動。

母親不久後也終於來到他身邊坐下，依舊皺著眉頭，一臉不耐煩。她拿著鏡子和化妝品，手腳俐落地打著底妝，也已換上了平時上班穿的套裝襯衫，和夢裡的模樣幾乎相同，卻沒有了夢裡的平靜和從容。但眼前的母親是活的，正在那裡活動著，而那是無可取代的。

「別哭了。」母親斜著臉，這樣命令他。

一直到許多年以後，他依然經常想起那天的一連串遭遇，尤其是在夜裡失眠的時候，以及在醫院裡陪伴他沉睡的母親時。

他的迷信依舊未改，更隨著成長與各種知識的吸收，為迷信創造了一個屬於他自己的運作體系。他在心裡頭編了一套故事，他始終相信，她的母親在那天的確是註定死亡的，而他卻透過夢境警覺此事，意外破壞了生命的法則，而將他母親的死亡給註銷了，這也是為什麼他在那之後會受到尿床的懲罰。他壞了規矩，所以這宇宙必定得給他點顏色瞧瞧，不過因他是個孩子，而將刑罰減輕了。這樣的說法當然禁不起任何邏輯上的考驗，但這故事他從來只說給自己聽，沒有人質疑過他。

然而，當他坐在母親的病床旁，他卻開始感到這一切都十分悲哀。命運多麼巨大而殘酷，人在那之前只有被碾壓的份，他怎麼會如此幼稚，以為自己光憑警覺，無所作為便可抵抗降臨於他生命中的任何遭遇。

他看著多年後的母親面容，時間在她臉上的地圖走出了更多細紋，鬆弛的皮膚卻未能將她的眉頭稍微舒展開來。那於他而言是世界之初的一張臉，正艱難地與死亡對抗著。他決定開口對她說：「妳不會死，因為我早已拯救過妳。」

彷彿那是一道具有力量的咒語，他在母親的身旁默念著。

那天早晨，在家中的混亂都告一段落後，母親一如往常地陪伴他往學校的方向走去，嘴上無法停止地持續抱怨著稍早發生的意外，令他感到顏面盡失，卻因無可反駁而一路保持沉默，直到走到校門口，他才在接過母親手中替他提著的便當袋時，開口說了一句令他母親一頭霧水的話，接著便頭也不回地往校園內走去。

他忿忿不平地往教室的方向直奔，但在走廊轉角處，還是忍不住回頭往校門口看了一眼，然而母親早已離開那裡。

「我可是救了妳一命。」分開前，十歲的他對母親這樣說，當時他全然忘記了，他這條命也是母親所給的。

# 第二

突然一陣暈眩，才發現自己緊張得忘了呼吸。

雙腳蹲得有些麻了，我盡量不發出聲音，試圖慢慢坐下，講台下面的木屑在空氣中飛來飛去，扎得我過敏的眼睛奇癢難耐，用手揉個不停，最後只得悄悄探出頭呼吸一下新鮮空氣。環顧四周，無人的教室和平常比起來多了一點詭異的氣息，我想起姊姊告訴過我的那些校園鬼故事，打了一陣寒顫。

想到這裡，我似乎在桌椅間看見了不祥的黑色物體，二十四號同學的抽屜裡，兩條小小的天線竄出。那是一隻蟑螂的觸角，牠爬出來和我對看。我們一人一蟲，中間像是隔了一面鏡子，姿勢相同地對峙。

我從小最害怕蟑螂，每次看到總是會不由自主發出討厭、噁心的尖叫聲，惹得家人朋友大笑。外婆總是說：「你那麼怕蟲，以後怎麼當阿兵哥？」我從來都不懂怕不怕蟑螂，跟能不能當兵有什麼關係。更何況，不是我膽小，而是蟑螂真的很可怕，牠們的黑色表皮油亮，像是一隻上了油的硬皮鞋，如果你定睛去看，不覺得反胃也難。而最令人發毛的地方是，牠們好像能嗅出我的害怕，我總是那個被蟑螂當成目標猛衝的對象，被嚇得跑來跑去。

此刻那隻蟑螂與我僅僅相距三公尺。我想蟑螂應該是沒有五官的吧？但不知怎麼地，我總覺得牠在對我微笑，「可惡的暗黑惡魔！」我心中忍不住這樣吶喊著。汗珠沿著鬢角流下來，從下巴滴落，喉頭深處發出乾嘔的衝動，我心裡頭真是怕得不得了，但卻又不能尖叫！尖叫就會透露我的行蹤給鬼知道！只好轉頭看別的地方。眼不見為淨，不去看就不會那麼害怕了。

「抓到了！」某處傳來當鬼的人勝利的呼喊，他的聲音在學校的走廊間環繞撞擊著，發出驕傲的回音，接著，又聽見傳來同伴行跡敗露的哀嚎聲。我慶幸自己不是他們，但又好希望自己是他們。從第一次玩捉迷藏就是這樣，心裡頭一邊害怕被抓住，又很想趕快結束這樣緊張的情緒，只可惜我躲藏的技術太好了，每次到了遊戲結束，我都還躲在原地等著被發現。

我想這次大概也是一樣吧。

忍不住又回頭去看那隻蟑螂，發現牠已經不在原來的地方，我鬆了一口氣，猜想牠大概是離開了。但這麼想的同時，我的直覺卻又告訴我事情絕沒有這麼簡單，我推測了另一種更常發生的情況：牠正朝我爬過來。

四處搜尋了一下，果然，我想得沒錯，那隻蟑螂已經移動到地面上，觸鬚動個不停，細細地打量我，同時一點點向我靠近。我想要拔腿就跑，可是雙腳偏偏在此時蹲麻了，肌肉變得像是丟進水裡的維他命C錠，湧出發泡、融化的感覺，怎麼樣都使不上力，我跪在講台邊，眼睜睜看著蟑螂接近。

當下我真的覺得，我正在面對十二年生命中最嚴重的威脅。

當我已經吸好一口氣，準備要尖叫時，有人搶先一步，從我身後傳來尖叫聲，一個身影碰一聲地撞開掃具櫃，是八號同學。她拍拍自己身上的灰塵，和姿勢古怪的我對看了三秒鐘，她先是看著我露出奇怪的表情，接著才意識到發出的巨響向鬼洩露了自己的行蹤，她摀住嘴巴，迅速蹲下。

我瞪大眼睛看著她，她賊賊地對我笑，然後彎著腰快速跑到我旁邊，用氣音說：「進去、進去啦！」用膝蓋將我撞回講桌底下，我重心不穩倒在講桌下面，她轉身背對我，用手順順制服的百褶裙，屁股毫不害羞地朝我臉的方向靠近，準備要蹲進來。別開玩笑了！那麼小的地方怎麼塞得下兩個人啊？我想把她推出去，又不敢碰她的屁股，只好一直往裡面退……

沒想到，真的擠得下。

她雙手抱膝，安安穩穩在我身邊蹲著，表情看起來泰然自若。我想起剛剛那隻蟑螂，回頭望向剛才牠出現的地方，沒想到已不見蹤影，大概是被她的突然出現嚇跑了。

我用手肘輕輕推她，用氣音說，「欸，妳在這邊躲很久了嗎？我都沒有發現。」

她對我翻白眼，「你笨啊，我可是比你早來。」她常常這樣，總是散發著一股莫名其妙的傲氣，凶巴巴的，誰跟她說話都常常落得被罵的下場，所以在班上人緣也不算是特別好。

我不甘示弱地問她，「那妳幹什麼突然衝出來啊？嚇人啊！」

「是因為突然有一隻蜘蛛爬到頭髮上，我才嚇得跳出來。」

我聽了渾身發毛，抱著膝蓋叫說，「蜘蛛！天啊……要是我一定……」說到一半她突然摀住我的嘴巴，不對，應該說是使盡全力地掐住我的臉，我的鼻子都被壓扁了，五官變形，痛得要命。她像隻小獵犬般挺起身子豎起耳朵，四處張望著，原來是當鬼的人又再度經過。當初規則是訂說被鬼抓到的人也要一起當鬼，躲在講桌中，我看見地面、黑板上一個個從窗戶投射下來的人影緩緩閃過。

尋找這件事本來就寂寞得不得了，所以大家總是沿途討伴。

我從她蓋在我鼻子上的手中聞到一點淡淡的香味，並不是香皂或洗衣粉的味道，也不是香水，比較像是……我在腦海中不斷搜尋卻始終想不起來，我閉上眼睛，只敢淺淺地吸氣，直到走廊恢復安靜，她終於把手放開。

「好痛……」我揉著自己又熱又燙的臉，因為實在是太痛了，又被壓到鼻子刺激了淚腺，我眼眶泛出淚來，一滴淚醞釀成形，從臉頰上面滑落。

她見到我的樣子，睜大眼睛，指著我叫說，「你哭了！」

「我沒有！」聽到她這樣講，我害羞得趕緊用手擦掉，對她大吼。

「噓！」她把手指移向自己唇前，示意我安靜，「被抓到怎麼辦！」聽到她這樣講我也緊張起來，趕緊把嘴巴閉上。其實仔細想想，根本沒什麼好緊張的，被抓到也不會怎麼樣，頂多就是一起當鬼罷了，但是想像自己身處危險的冒險中，是小孩子最擅長的遊戲之一。

兩人又陷入安靜中，我轉頭偷偷看她。綁著馬尾，小小的臉不合比例地有著一雙大大的眼睛，右邊的眉角有一顆痣。「這樣的五官，長大之後一定很漂亮。」常常看著她的臉，我都在心裡這樣暗暗想著，而如果她再照著現在的情況長高下去，大概會變成修長的高個子吧。但或許是因為還沒有成熟，她的臉還沒有辦法駕馭那樣立體的五官，除了我以外，班上的男同學一點也不懂她的漂亮之處，跑步跑輸她的時候總是惱羞成怒地罵她醜八怪，她則回罵他們「跑不快的矮冬瓜」。

「妳手心……有橘子的味道。」我終於在嗅覺地圖裡找到那熟悉香甜的記憶。

她疑惑地把雙手合成心狀，蓋在臉上，閉起眼睛聞，她的眼窩擠出飽滿的臥蠶，像是想起了什麼幸福的事情，在偷偷地竊笑。我努力把她那時的表情緊緊鎖在腦海深處，過了多少年都一樣清晰。

「嗯，真的欸！我放學前吃了一顆橘子。」她笑著說。

一起蹲在狹小的空間裡，氣氛卻絲毫不尷尬。大我四歲的姊姊曾經跟我說過，兩個心靈很契合的人相處在一起，就算不講話也不會感覺很奇怪，像是不需要語言就可以溝通一樣。我閉上眼，試著體會那種心意互相流通的感覺，卻什麼也沒有接收到，我不願承認我們兩個沒有契合的心，只好偷偷罵姊姊又在講一些女生沒有意義的胡思亂想。再過一個禮拜就要畢業典禮了，與其相信姊姊的鬼話，不如趕快把握機會跟她聊聊。

初夏的陽光已經透露了夏天的威力，把整個教室曬得熱烘烘的，兩個人的體溫和呼出的二氧化碳，讓講桌下的溫度更高了。我把雙手伸直，手心出汗，變得黏黏的。兩個人實在靠得太近，我甚至聞得到她身上的洗髮精味道，我轉頭看她，她拿了掉在講台上的粉筆，在地上畫著喊不出名字的生物，表情一臉認真。她低著頭，領口也跟著垂下，我透過那小小的縫隙，瞄見了她內衣的肩帶，趕緊別過頭。

汗流得更多了。頭開始有點暈暈的，臉頰發燙，兩腿之間也有奇怪的感覺。

「欸。」我出聲，想要用閒聊來消除心跳加速的感覺。

「嗯。」她為像是犀牛的東西，加上了第二根角。

「妳不覺得每次玩捉迷藏，心裡其實都很想要被抓到嗎？」我問。

「你在說什麼啊？玩捉迷藏的目的不就是要躲起來，不被別人發現嗎？」她狐疑地看著我。

「我的意思是說，就算規則是要躲起來，只有一開始找地方躲的過程有趣，等你在一個地方待了一陣子之後就會開始無聊嘛，所以反而會很希望被抓到啊。」被她這麼一看，我自己心虛了起來，支支吾吾地解釋。

「你亂說一通，我可從來沒有這種想法過。」她又再加上了翅膀。

她這麼說，我也只好安靜下來。此刻的安靜已經變了質，不同於剛才兩人和諧的沉默，教室的空氣中，彷彿突然飄滿了硬硬的塊狀物，讓我們之間的氣氛感覺起來刺刺的。我看著她在地上又畫了一隻毛毛的東西，就像是長著手腳的海膽。

「妳第一次玩捉迷藏是什麼時候？」我隨口問她。

「嗯……我想想看……」她換了黃色的粉筆，在地板上畫著圓，皺著眉頭思考。接著，粉筆斷了，「不對吧，你突然問這種奇怪的問題，我怎麼可能想得起來！你自己記得嗎？」

不知道人的記憶是怎麼運作的，有些事情就是會在這樣平安無事的下午，像鯨魚浮出水面換氣一樣，突然清晰地現出輪廓。聽到她的問題，我像是開關被打開一般，那段絲毫不重要的回憶，彷彿昨天才剛發生，細節都可以一一想起。

「大概五、六歲時，我在親戚家第一次玩捉迷藏。」我說。那是在郊區的獨棟別墅，忘了為了什麼而聚會，各個家庭的小孩子都到齊了，從幼稚園到國中生，大概有十一、二個吧。是當時在念小學四年級的表哥提議要玩的，他自願當鬼，要我們去躲好。其實我那時候根本搞不清楚規則，不過看大家都很有興趣，所以我也加入了。表哥一趴在牆上倒數，大家就四處逃跑找地方躲。

我看著大家往樓上跑，鑽進床底、衣櫃，我也趕快找個地方躲，所有看起來適合躲藏的地方，都被他們搶走了，我一個人不知道要往哪裡去，就跑進三樓的浴室，躺在浴缸裡。聽見他們在外面一一被抓住，我緊張得不敢動作，後來竟然不知不覺睡著了。

也許是因為躲的地方太怪，竟然一直到遊戲結束都沒有人抓到我。我是被西曬的陽光曬醒的，陽光從浴室的窗戶斜斜打進來在我的身上，我的臉被曬得紅通通。我離開浴室，走下樓，所有的小朋友都已經吃完點心在睡午覺，大人則不知道一起去哪裡應酬了。整個大房子，只剩下我一個人是醒著的，我覺得很寂寞，坐在午睡的大家身邊，安靜地哭了起來。

我向她細細地說完，而她專注地聽。

「愛哭鬼。」

「妳才不懂呢！那種感覺就好像被排擠一樣。」我不服氣地說。

「不過你也真是怪，竟然記得這麼清楚。」

「現在想起來，我應該那時候就很會玩捉迷藏了。」

「少來了。」

「妳看我們不是到現在都還沒有被發現嗎？」

她已經不再畫了，把沾滿粉筆灰的手，拍一拍，沒有說話。

「我們快要畢業了呢。」我說。

「對啊，真想趕快上國中，小學超級無聊的。」

「不知道再過十年，我們一起蹲在講桌底下這件事，會不會也像我第一次玩捉迷藏那樣回想起來這麼清楚。」她聽了以後，轉過來盯著我看長達十秒以上，眼睛反射著亮亮的光，我被那視線看著，好像心裡面的祕密都被她看穿一樣，覺得赤裸裸的。「怎麼了？我說錯了什麼嗎？」我緊張地問她。

「你有什麼話想要跟我說嗎？」她舉起手將頭髮梳到耳朵後面。

「……沒有啊。」我不明白她的意思。

她笑了，「那麼緊張幹麼，你剛剛的樣子簡直就像是要向我告白一樣。」

了。

「什麼告白！我才沒有呢！」被自己喜歡的人這麼一說，我簡直緊張得快要昏過去

「電視上都是這樣演的嘛，兩人獨處、準備要告白之前，就先講一些無關緊要的話，分散對方的注意力。不過，」她說，「沒有就沒有囉。」

她抿起嘴唇，不再說話。講桌下的空間充滿了我們兩人的體熱和味道，我的背微微地出汗，滲進制服裡，我轉頭看她，她的制服也因為被汗水弄濕的關係變得透明，露出裡頭的內衣。我臉又紅了起來，真要命，我心裡開始咒罵著當鬼的那群人怎麼這麼笨，都這麼久了還沒有發現我們就躲在教室裡，我的心臟已經再也受不了和她一起塞在這小小的空間了。還是，我乾脆出去自投羅網算了，這樣遊戲就結束了，我就可以和他們一起找人，而不用躲在這邊緊張地等待被抓。

想到這裡，她突然開口說話，「你不告白的話，我來好了。」

「啊？」我一頭霧水。

「真笨，怎麼講這麼直接還聽不懂？」她深吸一口氣，「我喜歡你，」停頓了一秒，像是自己也再重新理解這四個字的意思一樣，她又說，「我喜歡你，這樣明白了嗎？」

我臉瞬間漲紅，緊緊抓著自己的膝蓋。我知道這種時候最好裝成毫不在意的樣子，露出太開心的表情會很糗，但我忍不住自己嘴角的笑意，只好轉過頭去不再看她。我心中湧

出了一種從來沒有出現過的情緒，那種感覺就像是胸腔裡頭有夏天的煙火正在綻放一樣，從我的心臟發射，在肋骨之間「咻——砰！」地爆發，連我的胃也被震得不太舒服，但卻不是那種真的想吐的感覺，說實話，那不舒服的感覺其實還不錯，我想我可以將它跟快樂連結在一起。

「怎麼了，」她看著我的樣子笑了，「你不喜歡我嗎？」

我還是說不出話來，只是痴痴笑著，盯著眼前的地板。

「真是個傻子。」她笑得更開心了，真不公平，明明她才是應該要緊張的人，為什麼可以這麼自在呢？

「所以，」我終於用僵硬的嘴巴擠出了一些字，「妳現在是我的女朋友了嗎？」我問她。

「這要看你決定吧，你可是接受告白的人欸！」她回答。

「那我想……是吧，」我猶豫了很久然後說，她聽到這樣的回答後看著我笑，那表情好像代表一種約定關係，「但是，大家不都說妳喜歡的是二十號嗎？」

二十號是我們班的班長，長得高又帥，籃球還打得很好，在學校裡面算是萬人迷那類的人，收過別班女生的情書好多次。和我這種沒什麼朋友，下課只會躲在教室看書的人簡直是天差地遠。

她聽到我這麼說，想了想然後回答，「嗯……這很難說。」

「什麼意思？」

「太多女生喜歡他了，我想我應該沒有機會吧，你也知道我的男生緣並不是很好。」

她彷彿看著前方某一點說著，「你是我在他之後第二喜歡的人，所以我決定喜歡你。」

「第二喜歡的？」我不可置信地轉過去看著她，重複她說的話，「我只是妳第二喜歡的人？」所有的煙火都熄滅了，剩下充滿煙硝味的灰燼從空中掉落，掉到我的胃上。這次我的胃是真的不舒服了。

毫無準備地，我的眼淚在她面前一滴一滴地落下來，我伸手去擦，卻一點用也沒有，還是不斷地從眼睛裡湧出來，視線都變得模糊。可惡，眼淚怎麼樣都止不住，就像是我身為小孩所應該要有的快樂，一瞬間全都被奪走了一樣。

她看著我的樣子，緊張了起來，手足無措地說，「啊，對不起，你不要哭，我不是那個意思。」但她的安慰沒有用，我的眼淚還是掉個不停，她又說，「如果你不哭，你就會變成我第一喜歡的了！」聽到她這麼說，我理所當然哭得更凶了。

她從胸口的制服口袋拿出了一個森永牛奶糖的盒子，塞進我的手中，「這個向你賠罪，不要再哭了好不好。」我看著手中的牛奶糖盒子，稍微冷靜了下來。那盒子異常地輕，看起來不是新的，邊緣的紙角度都已經變得圓滑，紙質也變軟了。

「是糖果嗎？」我用充滿鼻音的聲音，一邊啜泣一邊問她。

她搖搖頭。

我上下搖搖看盒子，用耳朵湊過去聽，但她阻止我說，「不要搖，會壞掉。」而裡面傳來微小的撞擊聲，雖然非常小，但那聽起來就像是秋天時踩在落葉上的聲音。

我小心翼翼地將盒子中間那層慢慢地抽出來，看見裡面裝著一隻深色的蟲，我「哇！」的一聲將盒子丟出去，她急忙把它接住。

「幹麼亂丟！」她有點生氣地說。

「那不是蟑螂嗎？」我害怕地問。

「不是！」

接著她小心地將盒子裡的東西倒在手上，那東西在她的手中靜靜地躺著，我才確定那並不是活的。我慢慢地湊過去看，那是一枚蟬蛹。深褐色的外殼，像是泡了太久的茶，腳縮在身體的前面，它就那樣好像忘記時間在進行一樣，一動也不動著。

「很美吧。」她用我從沒聽過，非常溫柔的聲音說。

「哪有，我最討厭蟲了。」我嫌惡地說。

「你不懂，」她用食指輕輕推著蛹，看著它的細節，蛹在她手中搖晃，「我是在後門那裡的樹上發現的，我沒有見過這麼漂亮的蟬蛹喔！你看，非常完整吧。」

她將蟬蛹湊到我面前，我下意識地向後退。仔細一看，才發現那蛹並不像一般的蟲蛹會裂成兩半，或是身上有一個蟲爬出來時留下來的大洞，那蛹完整得就好像蟬在裡面憑空消失一樣，沒有半點傷痕。

「的確是滿厲害的。」不知不覺，我已經不再哭了。就算是第二喜歡的人又如何呢？我們不是已經向彼此表白了心意嗎？我交到了第一個女朋友，應該要很開心的。我試著對自己這樣說，但怎麼樣還是無法開心起來。

「很不簡單吧。」她得意地將蟬蛹用食指和拇指拿起來，舉在自己的面前，「你也試著摸摸看嘛。」她作勢要放進我的手中。

「不要，不要喔！」我雙手握緊拳頭，死命地搖頭，但她卻還是抓住我的手，把我的手指扳開，兩個人的手就這樣短暫的接觸，我感覺到她手心上的汗。她將蛹放在我的手上，那重量非常輕，簡直就像手中沒有放著任何東西那樣。我想像著蟬從那蛹裡面吃力扭動身體，鑽出來的樣子。費盡力氣蛻變之後，留下的東西竟然這麼輕巧。

「沒那麼可怕吧。」她說。

我看著蛹在我手中，覺得自己好像手握著什麼極端脆弱的事物，只要我一握拳，那就會整個粉碎。她將蛹拿回去，說：「你看。」然後將蛹朝向夕陽的方向，讓光線穿透蛹，蛹發出琥珀般的色彩。她專注地看著那蛹，夕陽在她的臉上打下戲劇化的光影。我看著那光景，覺得心底有什麼悄悄地被震動了。

「真漂亮啊，」我看著，「就像是什麼寶石一樣。」

「你知道蟬小時候必須在土裡面待非常長的時間嗎？」

「多久呢？」

「有的長有的短，有些兩年，有些十三年，有些十七年，」她說，「但是牠們從蛹裡爬出來以後，卻只有幾個禮拜的壽命。像是慶祝夏天到來一樣，大家一起從睡眠中醒來，哇啦哇啦地吵個不停，趕快找到伴生小孩，然後有一天就從樹上掉下來死了。」

「聽起來很難過。」

「你是想要活很久的人嗎？」她問我，突然變得很認真。

「我沒想過這個問題，但，」我讓話語飄在空中，低下頭來思考答案，再抬起頭，「看我長大幸不幸福吧，如果幸福的話當然要努力幸福下去，但如果我是一個不幸的大人，為什麼要讓不幸延長呢？」

「所以，如果你不開心的話，你會『那個』嗎？」她伸出右手的拇指，在脖子上劃了一下。

我愣了一下，才明白她的意思，「我不會自殺啊，只不過到那時候就不會特別想要活得長壽吧。」

「喔，」她露出理解的表情，「我的話……一點都不想要活到一百歲什麼的，我只想趕快長大，變成厲害能幹的大人，趕快做些什麼，就可以結束了。」

「就算妳過得很開心也是嗎？」我在腦中試著想像她長大後的樣子，但卻只有模模糊糊地浮出五官而已。無論如何一定會是個美人吧。

「就算很開心，那開心總有一天也會結束吧。我覺得快樂的事好像只有當下能夠感受，難過的事卻會一直讓你覺得不舒服。也就是說，人繼續活下去，難過的事只會不斷累積對嗎？那不如在快樂好不容易追過難過一點點的時候結束吧？」她一邊說一邊將蟬蛹收進盒子裡，樣子很像在進行精細的勞作。

我覺得她的話有什麼錯誤的地方。但我卻無法反駁，因為那非常接近我所感受到的。

「所以蟬是我最喜歡的蟲了，牠們的一生非常短，卻短得剛剛好。很抱歉惹你哭，」她將牛奶糖的盒子遞給我說，「我將我最喜歡的蟲送給你，你不要再難過了好嗎？」

我點點頭，然後將盒子接下，學她一樣放進胸前的口袋裡。

接下來我們就沒有對話了。

我們繼續蹲在那裡不知道過了多久，也許是半小時或更久，兩人一直都保持沉默。突然發現外面已經沒有朋友玩樂的聲音了，只剩下夏天的蟬，猖狂地唧唧叫個不停，那聲音就像是要鑽入什麼一樣，不斷地拔高並且變得尖銳。而那天的記憶，也就隨著蟬聲鑽進我的腦海裡。

她從講桌下爬出來，整理了一下百褶裙，對我笑著說，「他們走了，我們也回家吧。」然後伸出手。我握住她的手，慢慢站起來。

「嗯，回家吧。」

就像被這個遊戲詛咒一樣，我終究還是沒有被任何人找到。

我們牽著手從教室走出來，經過了走廊、樓梯、操場，一路上都沒有任何人，就像是被世界遺棄在夕陽照射下的校園，只要我們繼續待在這裡，世界上就再也沒有誰可以找到我們。我感受著她手心的觸感，柔軟而溫熱，將她的手握緊時，會傳來分不清是我的還是她的脈搏。那觸感中有我非常想要珍惜的事。

或許是因為害羞，不想被路人看到，她在走出校門的時候，放開我的手。好像是要確認我沒有因此而受傷，她一直盯著我的臉看，觀察我表情的變化，為了讓她放心我對她微笑，她也用相同分量的微笑回報。我的手掌偷偷地在下面握緊再張開，想要確認她手離開後的失落感。

我們兩個就這樣並肩走在日落時分的馬路上，夕陽把我們的影子拉得極長。柏油路閃著金色的光，刺得我的眼睛泛出淚來，我又想起她對我說的話，默默地有了哭的念頭。她的樣子在那樣的光線中逐漸變成剪影般的形象，我記著那輪廓，在金色的路上，往大人的方向走去。

那天我回到家以後，我將那裝著蟬蛹的糖果盒，放進書桌抽屜裡很深的角落，一個人躺在床上想著各種事情，想著我是她第二喜歡的人、想著蟬的事、想著沒有人找到我們，竟然嚎啕大哭起來，那時候的我，完全不明白哭的原因，只覺得如果不這麼做我會非常難過，因此毫不壓抑地用力哭著。但還是害怕被門外的媽媽聽見，我將門關上，把臉埋在枕頭裡哭。哭著哭著便睡著了。

隔天上學我們兩個還是像往常那樣相處，講的話或許多了一些，但比起情侶，更像是兩個人共同擁有什麼祕密那樣，直到畢業。我和她在那之後再也沒有見過面，也就是說我的初戀在一個禮拜內便結束了。國小的班級有辦過幾次同學會，但每次收到通知，我總是找理由推辭，後來也漸漸不再有人打電話告訴我了。我不知道她是不是有出席，我也曾想過很多次要去現場看看她長大後的樣子，但都還是作罷。

因此一直到現在想起她，我心中浮現的還是她十二歲時，還沒成熟卻註定要非常美麗的臉。

我偶爾會想起那天她說不希望自己活太久的事，長大以後才漸漸明白她講的話。她並不是一個快樂的孩子，因為防備心太強而總是顯得盛氣凌人，小小的五官也還沒穩定下來，所以總是被班上的男生欺負著。我甚至還做過這樣的夢，一個女孩在黑暗的角落微笑著靜靜死去，我起初以為只是單純的惡夢，後來才逐漸明白我夢的是她。

或許十二歲那天下午所發生的事，任何人聽起來都不足以留下那麼深的印象，頂多算是一年中比較特別的某幾天罷了。但那天下午所經歷的事，對我而言就像是生命中所謂類似「原初場景」之類的經驗。我第一次牽喜歡女生的手，第一次思考死亡，第一次有了模糊的性慾。還有更多無法用事件來描述，第一次的情感經驗。這些在我心中留下了非常重要、脆弱的部分，但也讓我在一夕之間加快了成長的轉速。我在自己的床上哭著睡著，再起床時，我感覺自己已經是不同的人，好像靈魂在無夢的睡眠中被拿出來，悄悄地換上了不同的軀殼。我想那經驗或許足以稱為我走入青春期的分水嶺。

從此以後我總害怕自己永遠不可能成為誰的最愛。

搬離開家後，有一天我回到老家拿東西，突然想起那被我塞在抽屜深處的蟬蛹，我將那拿出來，卻發現裡面的蟬蛹像是消散那樣不見了，完全沒有留下任何痕跡，好像我一開始就是放了一個空盒子進去那樣。向媽媽詢問這件事情，她也一頭霧水地說從來沒有人動過我房間裡的東西。蛹中的蟬沒有留下任何破壞的痕跡就那樣消失了，於是蛹也宿命性地跟著蟬一起不見了。我只能這麼想。

站在我成長的房間裡，那一刻我突然像是被雷打到一樣，深刻地感受到許多事物都隨著時間離去了，小學六年級放學後的捉迷藏，就像後來人生所發生的許多事一樣，被時間的流硬生生地沖走了，再也回不來了，我接下來只會面對更巨大的改變。接著我便自己一個人像十二歲那年一樣，躺在小時候做夢的床上哭。

如果真要說有什麼沒有改變的話，那就是長大以後，我還是改不了愛哭的壞習慣。有一件事情我忘了說，那天下午，我們一起回家，她一路一直低著頭思考，最後在應該要分開的路口前，她轉過來，用幾乎快哭的表情對我說了一句話，便掉頭快步走掉。

「如果我最喜歡的不是蟬，你會原諒我嗎？」她說。

那是我十二歲那年夏天，畢業典禮前一週的某個下午發生的事。

## 醒來

成年的一個月多前我的女友V像是忽然想起什麼，有一天便傳了簡訊說，「我們分手吧。」我們沒有吵架也沒有冷戰，接到簡訊的當下我立刻回撥電話，每通卻只短暫響起一聲便被犀利快速地切斷，我幾乎可以聽見她按下按鈕的啪嚓聲響。

而V和我分手那天以後，我便患了嗜睡。

起初只是為了逃避悲傷。

隔天早上，我們同時抵達學校大門，她和我對眼零點五秒便面如死灰毫無表情地從我身邊快速通過，我嘗試呼喚她卻越走越快，頭髮像是鐘擺隨著她的腳步晃動。到了班上心裡的不甘和羞辱滿溢，越想鼻頭便越酸，一點也聽不下老師講課，沒上幾節課，便趴下來睡了，一個夢也沒作。醒來時夕陽已西沉，我的左臉被西曬的毒辣陽光曬得紅熱，影子猖狂地斜躺下來比我身高還長，伸手抓背發現身上貼滿了班上同學惡作劇的紙條。教室裡已空無一人，唯有我，掙扎著，從了無邊境的睡眠甦醒。才醒，悲傷失落的感受像突然吃胖那樣，沉重起來，壓得我胃也難受。

原本我以為那天的長眠只是一場意外，但我一覺不醒的情況一點也沒有改善，連假日也是，才悠悠轉醒，早餐和著午餐吃了，便又跑回床上睡去，一天睡眠時間超過十四小時。班導又憤怒又憂心，在第七天氣急敗壞地把我用力搖醒，抓著我的領子去辦公室，在我面前打電話給我媽。媽不知如何是好，跟班導不斷道歉，然後解釋說我平常不會這樣懈怠的，會這樣子也許是……也許是生了什麼病，感冒發燒之類的，只是我自己沒有發現，還逞英雄地來學校上課，也許該帶他去看個醫生，「那孩子，最愛逞強了。」媽媽在電話的結尾這麼說。

然後我便回教室，收拾書包，在大家的注視下離開教室，不巧在走廊時正好打起下課鐘，撞見了離開教室的V，她見到我的瞬間震了一下，隨後又將視線移開我，望著遠方走開。

醫生問了我一些關於嗜睡的問題，你最近有沒有撞到頭？你有沒有長期依賴酒精？咖啡因？現在突然戒除？問到後來我意興闌珊，幾乎是反射性地搖頭。然後他問，「那你最近有沒有經歷什麼感情上的打擊？」我驚嚇的心臟縮了一下，以為醫生參透了我的心，問這個做什麼？我小心翼翼地問。他解釋說，有些嗜睡症的病因是來自憂鬱症，你看起來沒有，只是例行性地問一下，你不要太緊張。

最後他說我的症狀持續不夠久，無法立即給我診斷是否得了嗜睡症，而嗜睡的處方藥，多半是興奮劑，不能莽撞開藥給我。

媽媽聽見我和醫生的對話，緊張地問我在學校發生了什麼事，我搖搖頭說沒有，她有點無奈地說，你真的不必這樣，怎樣？我有點不開心地問，她皺眉回應，「這樣抑鬱。」

「再多觀察幾天吧。」

她拿出手機，撥了電話給班導。

班導得知我的狀況後，就再也沒有試圖在上課的時候把我叫醒了。同學間也將我這樣癱軟如爛肉的睡眠視若無睹，我還是每天到學校，可是一到教室立刻便睡了，有幾天完全沒有和同學講到任何一句話。我離他們越來越遠，像是我被留在另一個世界。我有時候會想要保持甦醒，去便利商店買高濃度的咖啡，可是每次喝完嗜睡的毛病沒有改善，反而心悸地快要窒息。和對V時一樣的感受，難受得快要窒息。

後來我開始作夢。

那些夢總是與V相關的回憶。而且總是真實得讓我不想醒來。

第一個夢是我和V還未真正交往時，有一次地理老師帶我們去野外實察。我和V的班級，正好被安排在同一天。那天一到目的地的山腳，便掃興地下起雨來，那些土黃的坡地，被雨淋得濕滑、滿是爛泥，我小心地走著，手突然感受到一陣重力下拉，我回頭看，一臉驚嚇的V腳呈半蹲，地上還被鞋子畫出兩道軌道，「對不起，我差點滑倒。」V一邊道歉一邊將重心扶正，卻沒有要將手放開的意思，對看十五秒後，我繼續向前，她也跟著向前。

我感受到她餘悸猶存的顫抖，和她汗濕的手掌。我們就這樣維持牽手的姿態在山路裡行進，我的臉漲紅、心跳也加速起來，不知她什麼時候才會將手放開。後來，似乎是安心下來後發現其他人的訕笑，V突然迅速將手收回，低著頭快速向前將自己隱身在隊伍中。回程的車上，我和她對眼，她有點尷尬地向我比了一個「V」，然後用唇語說謝謝。

自此以後，我便開始叫她V。

夢走到結尾的時候，我淡出一般緩緩的轉醒。身上還留著當日狼狽不堪，鞋襪盡濕的沉重感，甚至手心裡彷彿還有V的汗水。又是已經放學了，我背起書包，準備離開學校。腦中恍恍惚惚想著方才的夢，眼角瞄見V和她的朋友站在校門口，手裡各拿著一杯飲料，我肩頭一沉，連招呼的勇氣也沒有，快速地穿過大門。

「欸！」

我回頭，竟是V在叫我。趴睡使得眼睛都失焦了，我走近想看清楚她的臉，卻隱約看見她向後退縮了一步。於是我站定，故作冷漠地說：「怎麼？」

「我上次碰到你們班的，他說，你生病了？」

「還不確定，也許是嗜睡症。」

「喔，那你還好嗎？」

我一時間不知道如何回答，抓抓頭，「就一直睡覺啊。」

「那……祝你早日康復。」她的臉尷尬地染上紅暈，聲音不自然地顫抖。我想起剛才的夢裡，她用相同的語氣怯懦地說，「對不起，我差點滑倒。」我不知道她這樣突如其來的示好有何意義，是後悔分手嗎？還是就只是關心我的病而已。和她分開後，我發現我為了這短暫的對話心情都好了起來。

吃完晚餐後，我看著電視便在沙發上睡著了，臨睡前，還隱約看見老媽皺著眉頭，將毛毯蓋在我身上。我又作了一個和V有關的夢，這一次，是我們初次接吻的回憶。

那是夏天剛開始的時候。

我和V放學後約在巷口的咖啡廳，各點了一杯聖代，我芒果，她巧克力。V看起來心情很好，笑的時候臥蠶鼓鼓地安棲在眼睛下方，還有一對酒窩，左邊的比右邊的淺。我有點想吃吃看她的口味，問話剛出口，才想到我們從來沒有共食過什麼，也許她會害怕我的唾液，便打住不說。她逼問我剛想說什麼，我搖搖頭說沒事沒事，她有點生氣，皺著眉頭，用力地把我的聖代挖了好大一塊去。

「你不怕我的口水？」我嚇一跳問，她搖搖頭。我鬆了一口氣，低頭握著湯匙往她的聖代那挖，一邊開玩笑地說，「那我們就可以接吻了。」等我抬頭，她已從座位上站起，彎著腰將臉湊近，快速的、不著痕跡的，像鳥捕食獵物那樣，在我嘴巴上啄了一下。

我瞠目結舌看著她。她狡猾地笑起，靠躺在椅背上，咬著手中的湯匙，眼睛呈半月形。像愛麗絲夢遊仙境裡那隻亦正亦邪，總在愛麗絲碰到難以解決的困境時，出現給予建議的貓。沒有那隻貓，愛麗絲早在夢裡死於非命了吧？

夢到這裡，我便醒了。冰冷快速地抽離。

就像是V向我提出分手的方式，沒來由的，在最好的時刻說她不快樂。

我發現我開始沉醉在這樣過於寫實的夢裡，無法自拔。甚至開始期待它的到來。比起面對醒時V的尷尬和不自然，也許我寧願長久地活在夢裡，活在回憶裡。

從V和我分手差不多一個月的時間，醫生開始願意給我一些微量的藥，每日一次。我總是背著媽媽，每天吃藥時間將那些膠囊從餐桌上的藥盒裡拿走，偷偷溜回房間，放進夾鏈袋裡，丟進一個洗乾淨的存錢筒，藏在那裡。把夢通往現實的鑰匙密封保存著。

誰能阻止我作夢？那些夢那麼真實，那麼美好。

比真實還要美好。

面對我一點都沒有改善的症狀，媽越來越擔心。我盡力在她的面前保持清醒，在她幫我約的掛號時間裝睡（後來我便真的被這樣的行為制約了，每每一到看病的時候我總會突然無力睡著），而媽似乎也有感受到我的抗拒，總是趁我醒時問我到底發生了什麼，我總是搖搖頭然後閉上眼睛，身體會很聽話地沉沉睡去。

我繼續不斷作夢，一個個回憶重複經歷，清點、細數我和V相處的過程，有時候回憶裡的內容過於浪漫像是小說情節，我會懷疑我在無意識的狀態下擅自竄改了那些事實，將未曾發生過的事編纂進記憶裡。我學會一種逃避現實的方式。

而後某天，我從班長的口中得知，V和她們班的一個男生越走越近，然後好像快在一起了。當天的放學我便親眼撞見他們兩個一起回家，V一如既往，看見我時停頓了一下，又別開視線視若無睹地走開。我沒有什麼難過的情緒，只覺得心裡空空的。像是失去了什麼，像是剛起床那樣口乾舌燥。

當晚，我夢見V傳簡訊和我分手的那天。

看到簡訊我從書桌上跳起，焦慮地繞室疾走，眼淚都快被逼出來。趕忙地撥電話給她。在現實裡沒有接通的電話，在夢裡竟接通了。

「喂。」她的聲音冰冷，像具死屍。

我歇斯底里近乎咆哮地對她狂吼：「妳憑什麼這樣？」

「妳憑什麼這樣一封簡訊逼著我長大？我們一起做過的那些夢呢？沒有妳我該怎麼辦？」

她嘆了一口氣然後說：「你可不可以不要那麼脆弱？你不覺得你太細膩、太易感了嗎？你不覺得你把太多人、事、物看得太重要了嗎？如果他們都只是過客呢？你憑什麼覺得自己該永遠擁有他們呢？你沒有發現你因此變得尖銳又矯情嗎？你為什麼要把自己想像成那些文藝小說中，強忍著悲傷，不願造成他人負擔的那些做作主角呢？」

她停了很久很久，我只聽得到自己因為激動而產生的巨大喘息聲。像是從深井傳出的聲音，她說：「你將十八歲了啊，你還記得嗎？」

我哭著醒來，全身汗濕像是掉進一灘水裡。

我和V像是站在山谷的兩端，相互叫喊，我的問題一字一句具現化像是落葉隨著山谷間吹起的風搖擺，V的一席話卻以極快速的方式落下，擲地有聲，瞬間塵土飛揚煙霧瀰漫，地面被撞擊出巨大的、深暗的洞。

其實在不斷被拒接的後來我是痛哭失聲地回傳簡訊給她，「為什麼？」她冷靜而果決地說：「我突然意識起我即將成年，然後我問我自己，你懷抱的那些理想、那些夢啊，真的有實現的可能嗎？為什麼我要跟你一起負擔失落的風險呢？尤其你那麼纖細、那麼脆弱，你一定覺得我是個現實的人吧，也許我是啊，也許十年後我們都沒有夢了，也許我們現在就該醒了。」

我亦如V一樣，霎時之間忽然發現自己再過兩天就將滿十八。

用。

我像是一個在遊樂場門口排隊的小孩，我看著裡面那些七彩如夢似幻的繽紛氣球，那些或因恐懼或因興奮，尖叫嘶吼的雲霄飛車上的髮絲翻飛的乘客，那些在旋轉木馬上忘情擁吻的情侶，我幻想自己也在裡面，卻在買票入場的前一刻，打烊。我躺在地上哭喊叫喚，渴求遊園內的那些吉祥物忽然就又開始行動了而不再只是個空殼子。沒有用啊，沒有用。

什麼是夢？也許那都是我自己想像出來的。

心亂如麻，喉嚨乾得幾乎燒起，我走向餐廳像失水的魚大口大口喝水。我不能再這樣自溺啊。夢醒的時候到了，我彷彿聽見心中巨大的鐘塔噹噹噹喪心病狂地敲著。我蹣跚走回房間，雙腿還因為錯誤的睡姿麻痺著，我拿出那些能將我從無邊的夢中偷渡出來的藥丸，一顆顆平擺在桌上。我拿起一顆貼近嘴邊，只要鼓起勇氣吃下去，就不用再作夢了。

就不能再作夢了。

這樣的念頭一起，我頓時又雙眼朦朧，頭昏腦脹，雙手無力地將藥丸鬆開，眼睛闔上前，我看著那顆藥丸滾落，在地上旋轉幾圈後，掉進床底……

不知道什麼時候開始我已站在沙上，看看四周是海邊，卻想不起來。啊我想起來了，那是暑假時候的事啊，我們一群朋友浩浩蕩蕩說要享受成年前最後一個夏天，搭上駛往墾丁的火車，在那邊經歷了令人驚詫難忘的一個夜晚。

啊，對啊，我想起來了，我們在那樣美麗的海邊潑水、嬉鬧、追逐，放肆使用那些未來終有可能混濁老朽的笑容，之後完全不需假冒成年的輕易在遠離市區的便利商店買到啤酒，一群人初次面對無限暢飲的酒精，在民宿的房間裡不知節制地喝到滿臉漲紅，有人聒噪地分享起自己內心的祕密，我愛誰、我對不起誰，有人只是癱倒在旁邊沉沉睡去，或不明所以地哭起。

我和V微醺卻還算是保持清醒，兩人穿上夾腳拖鞋搖搖晃晃地走到海邊的躺椅上。她靠在我肩膀上眼神迷濛就要睡去，我慢慢說著我所能想到我這一生一定要做的事。聽海潮規律拍打岸邊，星星在醉眼下迷幻地飛梭起來，整個世界都旋轉起來，整個世界都是屬於我們的，十七歲的我們的。

「嘿，妳願意相信嗎？有一天我將成為一個偉大的人。」我轉頭對她說，下巴輕靠在她的額頭上。

她慵懶地說：「我羨慕你是一個擁有作夢能力的迷人的人，雖然我庸俗且平凡，但如果可以的話，我願意和你這樣一直作夢、一直作夢下去，不必醒來。」

「好啊，」我笑著回應。

「反正我也未曾真正醒過。」

# 時間差

琪琪畢業典禮那天，我哭得一場糊塗，因為我感覺這所高中裡再也沒有能夠理解我的人。

學校穿堂往來的人潮，讓整個空間缺乏氧氣且充滿著汗的氣味。我在裡頭落單，手中還拿著一束花，感到有些尷尬。當琪琪終於在人群中找到我時，我並沒有看見她，直到她喚我的名字，我才恍然抬頭。

琪琪把平日戴的黑粗框眼鏡摘掉，換上隱形眼鏡，從框架裡解放，她的眼睛原來這樣清澈。她化了淡淡的妝，皮膚被六月的空氣蒸出汗來，卻美得白裡透紅，散發著十幾歲女孩子特有的光芒。我有些害羞不敢和她對看，將手上準備的花束遞給她，她收下後，不知是玩笑還是真心讚歎，她說我的靈魂是一個老紳士。接著她拿出紙巾擦汗，將頭髮撥到耳後，煩惱著該用什麼回禮。

儘管我一直搖頭說不用，她卻俐落地將自己左胸前口袋上的塑膠釦子扯了下來，塞進我手裡，說那代表我擁有她的心。琪琪笑咪咪地說：「你看啦，我們看太多電影了，連送禮物都要這麼做作。」接著便拉著我，喊熱，要我陪她去買飲料。

那畫面將我們兩年來的友誼做了一個很好的總結，我對他人的好意向來是比較慎重且過度準備的，琪琪這方面的應對卻是天生的，當有人對她好的時候，她永遠都能夠以極其自然的方式回報，讓對方感到備受寵愛，卻又毫無壓力，我從未在我們的相處之間，感到過任何一點被辜負或受傷的感覺。

高一選社團時，我決心在高中三年做些改變，硬著頭皮選了吉他社，接下來幾週卻被過分熱情的團康活動逼得走投無路。開學一個多月，某個週五我心一橫，便蹺了社課，轉身走進了電影社教室。投影幕上播著冷門的歐洲片，我在黑暗的教室後排，聽著那些如岩石相互敲擊的堅硬語言，和冷氣運轉的嗡嗡聲，竟就這樣安心地深沉睡去。電影播完時，我還趴在桌上睡著。

從此我棄明投暗，加入了總關著燈看片的電影社，那黑暗的空間使我安心。而大我一屆的社長琪琪成為了我最好的朋友，初次見面時，她並未對我中途轉社之事有所疑問，親密地拉著我的手，將我介紹給大家認識，完全地接納我。

我們一見如故，儘管不同年級，午休放學卻總是膩在一起，甚至引發謠言，說我們是男女朋友，但我們絲毫不以為意，因為我們之間完全沒有那樣的曖昧氣氛，純粹是難遇的知心。

然而，即便是如此親密的關係，有件事我卻從來沒向琪琪真正提過。

兩年的時間彷彿電影快轉般模糊地過去，琪琪今天就要離開學校。我們倆坐在體育館外的階梯上，西曬的太陽將我們曬得臉頰發紅。琪琪喝著飲料，感嘆地說，以後就不能像這樣聊天了。

我一直在等待什麼時候該開口，琪琪的話彷彿給了我暗示。

接著我便向琪琪出櫃了。

我告訴琪琪我喜歡男生。

快速地說完後，我盯著琪琪的臉，觀察她表情的細微變化，她的眼睛睜大了一點，嘴巴閉成了細細的模樣。接著一秒，兩秒，三秒，對我而言極為漫長的三秒等待，我因為過於緊張，憋著氣，耳邊彷彿傳來嗡嗡的聲音。然後她點了點頭，告訴我，她覺得這樣很好，沒關係。

聽完她說的話，我立刻哭了起來，琪琪慌張地拍著我的肩，問我為什麼哭。

因為哭得太厲害，我沒有辦法好好地向琪琪解釋：我為了再次被她接納的溫暖和感動而哭，世上能有像琪琪一樣的朋友真是太好了。

我的淚水一滴滴落在階梯上，卻因為地面被太陽曬得太燙而立刻就蒸發了。琪琪拍著我的背，在我耳邊說著動人的安慰，聽著她的聲音，我卻又感到某種深深的寂寞，心中浮現了這樣的問題：

若我與琪琪之間都還有這三秒的時間差，我和這個世界的轉速，會差距多久呢？

# 泳池

少年依然記得，升大學的那個暑假，他不明所以地，有了變壯的慾望，於是這無所事事的每日，他便去健身房做各種重量訓練。健身房的月費雖不貴，卻也不便宜，少年遂在家裡附近的私人游泳池應徵了暑期救生員，游泳隊的經歷使他輕鬆地錄取了，沒想到過去教練要求他們去考的救生員執照，竟在此時派上用場。救生員分為早午晚班，早班已被一個正在寫論文的研究生占去了，晚班則是游泳池的管理人（一個退休的中年人）親自上陣，於是少年別無選擇，只得選擇下午的時段。他早上在健身房運動，用過午飯，便來到這泳池。這樣亦挺好，中間沒有需要打發時間的空檔。

那研究生是個高大的男人，少年目測他的身高大概有一百九十幾公分，手長腳長，身材練得很好，卻總是駝著背，裸著上身、穿著泳褲，坐在那救生員椅上，讀他那些大部頭、看起來艱澀的理論書。每天上班時，少年站在救生員椅下喊一聲，研究生慢慢地沿著梯子爬下，少年看著他臀部和大腿的肌肉上下動著。研究生戴著厚重的眼鏡，眼睛在鏡片後被縮得小小的，他們不知道彼此的名字，所以研究生擅自決定叫他小弟。「小弟，今天真熱啊！」「小弟，你考上哪所大學？」

曾經少年以貌取人，看著研究生笨拙的樣子，覺得他大概也不是個多聰明的人吧，因此總懶得和他搭話。但有一次，少年發現長相感覺和文學扯不上關係的研究生，竟然是念英文系的，少年於是便好奇地開口問，「你為什麼念英文系？你喜歡讀小說嗎？」研究生回答：「在大學前我並不讀小說的。」少年接著問，但你都念到研究所了，想必是後來喜歡上了吧。研究生卻說：「並不是這樣的。」

研究生考大學的成績並不差，卻也不是充滿選擇機會的頂尖，文科較為突出的他，落點便來到了英文系，起初他念得極痛苦，一輩子不讀小說的人，被迫讀著那些數百年前所寫成，語言和現在充滿距離的文學，必然如同修行一樣念誦著經文。直到一日，他和女友分手，心情低落，便在課堂上和教授爭執，他說他不明白他所學一切究竟有什麼意義。那教授平靜地對他說，在英文系能夠學到最多的便是解讀文本，若他能把人生看作是一個巨大的文本，他或許能看見生命的祕密，這就是文學的意義。

研究生的父親在他尚小的時候，在溪邊釣魚，被暴漲的河水沖走了，他的母親終日哭泣，好像眼淚永遠流不完似的，後來診斷得到了憂鬱症，嚴重的時候甚至會幻聽。從小他看著母親便覺得人生很艱難，想著你所得到的幸福，有可能在一瞬之間就消失，終究也開心不起來了，研究生這輩子發生任何好事，總是戰戰兢兢的，無法發自內心地快樂。然而，那天他聽了教授的話突然豁然開朗，他想著若他能解讀人生這個無止無盡的文本，或許他能夠找到解救母親和自己的方法，便一路努力地讀書到了今日。

研究生說完故事，指著椅子說：「該你上去囉。」便駝著背搖搖晃晃地走掉了，研究生總是這樣，稀哩呼嚕地把自己想說的都說完，就掉頭走人，這是他第一次仔細聽研究生講話。少年看著他的背影，想著有些人駝背，或許是因為他們身上所背負的東西較為沉重。

少年爬上了救生椅的頂端，游泳池雖然是附屬於這座高級社區，但泳池的建築是獨立的，採光極好，頂部的設計使得太陽光會先轉彎才照進建物，光的性質在此時就變得很像粒子了，少年想像一顆顆小小的光球，在平面上反彈後才掉進室內，這樣迂迴的方式，讓游泳的人們不會在不知不覺間，背部就被烤熟。

每到五點，泳池的管理人會出現，少年便知道自己下班了，於是高椅換人坐。少年習慣在工作結束後戴上蛙鏡泳帽，跳進水道裡來回游個幾趟，那是他一天中最喜歡的時刻，在水裡的時候，他總會深深相信自己真的是從海中的魚慢慢演化成人的，這就是為什麼他對水這麼有好感，游泳到後來，心跳加速後，在水中就可以聽見自己的心跳聲傳來，撲通撲通，那聲音令他感到安心。

從泳池起來後，他會站在更衣室的鏡前，看著自己一整天下來運動的成果，他的身體漸漸被畫上線條，因而立體起來，在這種時刻，他便深深地感受到自己是身體的主人。

但有一天，他在工作結束後游泳，卻突然不再感到原本自在的氣氛，背著天空，面向水底，在池裡往前划動時，他總覺得背部有一種痲痺的感覺，人類對他人的視線是很敏感的，儘管沒有親眼看到對方在注視你，你也會隱隱約約感受到目光，那是動物原始的本能。那天他所感受到背部的不適便是這樣的感覺，他在自由式的滾身之間，不斷地往岸上瞄去，他發現，當他在泳池中來回游動時，也有人在岸上跟著他來回地走動。

在游過他為自己所規定的最低距離一千五百公尺時，他停了下來，一個男人站在岸邊，朝他走近。因為輕微近視的緣故，他無法將男人的五官看得很清楚，他抬頭，充滿防備地問：「有什麼事嗎？」男人看著他說，「我看著你游泳許多天了，你游得很好。」少年不知道該回答什麼，他抹了抹臉，水珠從他的睫毛上滴落，他小聲地回答：「我是游泳隊的。」

男人便接著問，「你有在接家教嗎？」少年從低處看著高處的男人，覺得充滿壓迫，便說，「可以等我先上岸再聊嗎？」男人點點頭，少年兩隻手臂撐著地面，施力從水中爬上來，他離開水面的時候，水「嘩」的一聲從他的泳褲落下，泳褲瞬間失卻了水的浮力，縮緊起來，咬住他的臀部和大腿，使得他的陰莖浮出形狀來。他感受到下體的變化，趕緊用手將胯下的布料拉鬆，尷尬地抬頭，發現男人正盯著他的動作。

直到上岸，少年才看清楚男人的樣子，他穿著合身的西裝，看起來像是剛結束工作的樣子，雖然因為即將步入中年，男人臉部的肌肉不再緊繃，許多地方也冒出了細小的皺紋，但這卻讓男人充滿存在感的五官溫柔許多，可以看出，年輕時的男人是一個非常好看的人，少年想，簡直是模特兒的長相了。裸著上身站在男人面前，竟因此而羞赧起來。男人或許感受到他的不自在，在此時這麼說：「你身材很好，有在健身嗎？」

努力健身的成果被看見，少年自然是相當開心，壓抑著高興的情緒，又重複了一次：「我是游泳隊的。」等待少年不再是少年以後，他想起他們兩個相遇時的情景，覺得年輕時的自己單純得可笑，男人講的那句話簡直是勾引的最基本開場白，竟然能讓他發自內心高興起來，能夠如此直接地接受讚美，不去拆解語言背後的意義，大概也只有年輕的時候做得到了。

男人說，他是這個社區的住戶，有一個八歲大的兒子，想讓他學游泳，但那男孩十分怕生，無法上團體的游泳班，問他可否擔任家教，隨後開出了沒有理由拒絕的價錢。少年一時之間不感到抗拒，高中時也有教過親戚的小孩，覺得大概是份好差事，便點頭答應了。男人說：「好，你五點下班對不對？明天五點我會帶他來，可以給我你的電話號碼嗎？」少年問他需不需要拿張紙記下，男人說，「不必，我記得起來。」少年於是直接口頭念出了自己的電話號碼，男人點點頭，便轉身離去。

少年有一件事情始終想不透，那就是，男人到底是怎麼找上他的？他日日在泳池，從未見過男人游泳。少年回想男人遇見他時所說的第一句話，卻是：「我看著你游泳許多天了」，難道他每天就在泳池走來走去觀察游泳的人們嗎？還是為了替兒子找游泳教練，而特地來泳池尋找泳技合格的人嗎？男人難道沒有更有效率的做法嗎？

隔日五點，男人便牽著男孩前來了，男孩身材瘦小，遺傳父親的長相，非常可愛，有雙大大的眼睛，緊緊抓著爸爸的手掌，不自在地四處張望，當少年和他對上眼時，便緊張地將視線移開，像是受驚的動物。

男人穿著棉質的休閒服，搭著男孩的肩膀，有些嚴厲地搖搖他說，「向老師打招呼。」男孩用幾乎聽不見的聲音說了老師好，男人表情有些困擾地對少年苦笑，像是在說「我向你說過了」。少年走近，蹲下問他的名字，男孩害羞地說了，他對自己講出自己的名字似乎感到很不自在。少年叫男孩去更衣室換上泳衣，男孩踩著小小的步伐走去了，男人依然站在原地，少年問他，「你不陪他去嗎？」男人冷靜地回答：「不必。」

少年簡單地做了些暖身操，接著脫下上衣，當他準備要脫衣服時，回頭看了一眼，男人竟目不轉睛地盯著他看。少年慢慢地進入水中，雖然是盛夏，但水的溫度依然使他打了冷顫，男孩穿著泳褲、提著袋子，從更衣室走了出來，瘦小的身體，肋骨一條一條的將皮膚撐起，好像火車鐵軌的枕木。少年朝他招招手，男孩便往梯子走去，卻在池邊停了下來。

少年朝他的方向移動過去，一邊安撫著他「下水吧」，男孩卻堅決地搖頭，等到少年走到他腳前，看見他僵硬的四肢，才發現原來他極度恐水，少年努力地試圖讓他安心，但他卻不願意妥協，依然緊握著拳頭站在池邊。

「下去。」

男人坐在靠牆的椅子上，聲音卻遠遠地傳了過來，男孩聽見父親的聲音抖了一下，終於往前踏了一步，少年尷尬地看著男孩與男人，他被男人的態度嚇到了，無論如何男人都可以再溫柔些。儘管他現在多麼喜歡游泳，少年卻深深明白剛開始學游泳的恐水是什麼感受，那年他七歲，爸媽為他報名了國小的泳訓班。泳池的深度並不很深，但對於一個不過一百二十幾公分的男孩而言，大概也可以是汪洋了，雙腳踩不到底，只得抓著岸邊害怕地流著眼淚。現在回想起來，那是他人生裡面第一次感受到死亡。

男孩轉過身來，背向少年，慢慢地踏上梯子，進入了水中，少年從背後扶著男孩小小的背，感受到他僵硬的肌肉。因為緊張和突然進入低溫的水中，男孩開始發抖起來，他打著顫，上下排牙齒甚至發出互相撞擊的聲音，少年要他試著在水中跳動，藉著運動來產生熱能，並習慣水的溫度，男孩聽從他的話，臉色蒼白地上下跳著，終究漸漸冷靜下來，不再顫抖，但臉色還是一片慘白，好像失去了血液。少年問男孩，「你還好嗎？」男孩看著他，眼睛充滿了淚水，大概是不想被爸爸聽見，他用唇語說：我害怕。

少年看見男孩的樣子，心中突然產生了一股巨大的溫柔，他便脫口而出，「我會保護你。」他不曾對任何人說過這樣的話，但有一刻，他卻和那男孩產生了連結，彷彿他能夠穿越時空保護過去的自己。

男孩起初極為緊繃，甚至無法好好地控制自己的呼吸，幾度嗆水，趴在岸邊用力地咳嗽，發出幼犬般的嗚咽聲，每當此時，少年總會一面安撫著男孩，一面用眼角餘光觀察男人的表情，但那男人總是一臉淡漠地看著這一切發生，並無露出任何擔心的表情。男孩經過一段時間的練習，終於習慣了在水中的感受，漸漸地放鬆了，雖然偶爾還是害怕地抓著少年的肩膀或手臂，深怕沉入水中，但終究也能好好地和少年說話了。

課程的最後，少年要男孩和他做一件事，他們兩個戴上蛙鏡，手牽著手，在水面上將空氣吐光了，往後一仰朝水底躺去，呼出了肺裡的空氣，身體失去了大部分的浮力，因而能夠順利地往水裡潛行，兩人就這樣到了水底，肩並肩坐在游泳池底，他感受到男孩的手害怕地抓緊，四肢用了力，兩腳一蹬要往水面去，少年輕輕地朝他的手掌用力，將他拉了下來，男孩害怕地隔著蛙鏡鏡片看著他，他對他點點頭，兩人在水中維持了這樣的姿勢約莫十五秒，而後站起身，離開水面呼吸。

少年將蛙鏡拿下，抹抹臉，轉頭問男孩，「還好嗎？沒這麼可怕吧？」男孩撐在岸邊，看見他將蛙鏡卸下，也把自己的卸了下來，一雙眼睛因為戴蛙鏡太長的時間，被蓋上了紅色的圈圈，好像一隻小貓熊。男孩喘了幾口氣，終於用顫抖卻又有些興奮的聲音回答了：「我還以為會死掉。」少年說：「但我們都沒有死吧。」男孩點點頭，他們兩人都笑了。

第一次的游泳課就這樣結束了，他和男孩一起去更衣室換下泳衣，兩人隔著淋浴間一來一往地談話，男孩害羞，不會主動開啟話題，多半都是少年問問題，而他回答。兩人一起走出泳池，正是夕陽西下時，男人背著光，站在門口等待他們，成為一道剪影。男人問了男孩：喜歡上課嗎？男孩遲疑了一下，才看著少年，深謀遠慮地點頭，男人拿出錢，將酬勞給了少年，對他說：「那我們便這樣定了，以後每天五點上課，我會來泳池將錢交給你，好嗎？」少年說好，男人便牽著男孩，往家的方向走去。

於是，這件事就這樣子小小地改變了少年每日的作息，他也多了一筆為數不小的收入。他們每日持續地上課，男孩終於與他越來越親近，他發現男孩並不如他原本所想的那樣怕生或沉默，而是在父親面前無法自在地說話，男人有時會來看著他們上課，有時則否，當父親缺席時，兒子的話語便打開了，他會變得開朗些，願意說出心中的想法。

他原本有些擔心，隱隱猜想著或許男人有對男孩施暴，才會導致兩人緊繃的關係。因此總在上課時，偷偷地觀察男孩身上有無受傷的痕跡，然而男孩毫髮無傷，只有一身如陶瓷般潔白、易碎的肌膚。在談話間，少年亦不斷地試探，男孩平時與父親的相處情形，出乎意料地，男孩不斷地透露自己對父親的喜愛，並提到了因為父親的外表，家長會時，老師和其他同學的母親們，是如何期待著看見男人的到來，男孩講這些話時沾沾自喜，於是少年明白，男孩是因為對於男人的崇拜，因而在男人面前總顯得緊張。

男孩從來不曾提到自己的母親，但一個男孩總有一個母親的。少年總是從各種蛛絲馬跡中捕捉各種可能性（離婚？喪母？在外地工作？），但他從未得到真正的解答，亦因為害怕刺探了什麼祕密，不敢開口詢問，只知道男孩的母親沒有和他們同住。

一個下午，少年一如往常地等待著上課，但男孩沒有出現，只有男人來了，男人說：「對不起，我兒子發燒生病了，今天恐怕是沒有辦法上課了。」少年客氣地說沒關係，他說：「你其實可以打電話告訴我的。」男人笑笑說：「但我今天並不只是來請假而已，我想請你到我們家用晚餐。」

到那時為止，少年已經為男孩上課一個月了，時間走入夏天最盛之時，穿著背心的身體流下汗珠，少年想著，自己對男人了解甚少，僅知道他擁有一家室內設計事務所，年齡三十幾歲，除此之外一無所知。男人散發一種無可拒絕的態度，少年問他：「他是因為上游泳課才感冒的嗎？」男人則回答：「他本來身體便不好，我讓他學游泳，也是希望他強壯些。」少年看著男人精緻的五官，他問：「我可以去探望他嗎？」

男人說當然，少年拿了背包，他們便一起走進了社區大廈內，經過電梯，到了男人的家。男人一進家門便喊著男孩的名字，說：「老師來看你了。」他走入男孩的房間裡，病懨懨的男孩對他微笑說：「老師對不起。」誠誠懇懇地道歉。他搖搖手：「沒關係的，你好好養病。」說完，他便拉了書桌前的椅子，在男孩的床旁邊坐下了。男人站在門口，對他說，「我先去做飯，你在這邊陪他一下吧，我等一下再把陪他的錢給你。」少年聽見他的話覺得極為不妥，深怕傷害了男孩的心，原本他坐下，就是直覺想要陪伴男孩，而未曾想過這也是可以領到薪水的工作，在心中想著該如何化解時，男人已離開房門口，向廚房走去。少年嘆了一口氣，向男孩解釋說：「不是你爸爸找我來陪你的，我自己想來。」男孩看著老師緊張的樣子，竟呵呵笑了起來，對少年說：「老師沒關係，我習慣了，爸爸有時候很忙，沒時間陪我。」少年訝異男孩的敏銳和早熟，於是問：「除了我以外，你還有其他的家教老師嗎？」男孩點點頭。

平時臉色總是蒼白的男孩，竟因發燒的緣故，臉上有了血色，兩頰紅潤。他觀察男孩的房間，從門邊的穿衣鏡，少年看見自己端坐的樣子，房間四處放了各種各樣的恐龍模型，看得出男孩是個恐龍迷，男孩解釋著，只要他表現得好，每個月他爸爸會給他一次機會挑選自己喜歡的模型。在男孩的床頭，貼了一張風景的海報，他看著下面寫的英文字，是蘇格蘭的尼斯湖。看見他在盯著那張海報，男孩說：「湖裡面有一隻恐龍。」少年點點頭說，「我知道，牠很有名。」男孩說：「有一天我長大，不再那麼怕水，我就要去那座湖裡潛水，找那隻恐龍。」少年笑笑回答：「你不怕牠一口把你吃了啊？」男孩眼睛裡閃著光芒，「那也沒關係，牠可是這世界上最後一隻可能活著的恐龍。」

男孩問他：「我游得還好嗎？」少年說：「你偶爾還是會太緊繃了，游泳跟其他運動不一樣，你的肌肉越是放鬆，你會游得更好，不過你已經學會蛙式了，學自由式一定也可以很快的。」少年伸出手拍拍男孩的頭，同時發現他的額頭非常地燙，便問他要不要喝開水。

男孩接過水杯，喝了一口，說：「很快我的生日就到了，到時候我就九歲了。」少年和他開玩笑：「你是在暗示我要送你禮物嗎？」男孩又發出那樣乾淨好聽的笑聲，他說：「才不是呢，老師，你不是十八歲嗎？等我九歲，我就變成一半大小的你了。」少年思考著他說的話，人的年齡可以用乘法計算嗎？十八歲的人，會是九歲的人的兩倍成熟嗎？

男孩又接著說，「我爸爸三十六歲，我是一半的你，你是一半的他。」

男孩說了這句像詩一樣、意味不明的話，少年聽了，在心中重複著，我是一半的你，你是一半的他。

「你的乘法學得很好。」少年說。

離開男孩的房間，男人做好了菜，義大利麵，配上看起來非常高級的燉牛肉，一邊還放了紅酒。男人看見少年走來，突然啊的一聲，然後說：「我忘了問你吃不吃牛，應該還可以吧？」少年回答：「可以，但你不必為了我煮這樣好的菜。」男人輕鬆地說：「我喜歡料理，我沒有這樣燉過，你吃吃看，當我的實驗品吧。」聽在少年耳裡，實驗品這三字顯得莫名地刺耳，不知道是自己太過敏感還是如何，他從話裡感受到侵略性。

男人招呼他坐下，沒有問過他便為他倒了紅酒。

少年喝了酒後，吃了一口牛肉，男人興致勃勃地問他感想，少年點點頭說好吃，男人叫少年不要客氣，直接說出想法，讓他有改進的空間。但少年說的是實話，那牛肉真的非常美味，他甚至想不起來有吃過比它料理得更精緻的牛肉了。

男人搓搓手，滿足地說：「那我就成功了。」接著也開動。

男人在飯局間，問著少年在學校的生活，問他加入什麼社團，考上什麼大學。少年被動地如實回答著，在一來一往間，少年漸漸地感到害羞起來，臉開始泛紅，到了後來甚至不敢直視男人的眼睛。男人看他的樣子，以為自己給他喝太多酒了，但其實少年只是覺得在男人面前說著自己的生活，聽起來幼稚而愚蠢，男人哪會在乎自己在校慶晚會表演過呢？但男人卻始終以興致盎然的表情聽著少年說話。

晚飯過後，男人將剩下的水煮麵調味得清淡一點，拿進男孩的臥室餵他吃完，並哄他睡覺，離開房間前嚴肅地對男孩說：「我十分鐘後進來你房間，你不能是醒著的。」接著關上房門。少年看著兩人相處，感到困惑不已，男人同時有著父親的無限溫柔，在話語間又偶爾表現得無情。少年主動幫忙洗碗，卻被男人婉拒了，使他一人尷尬地獨坐在客廳。男人洗完碗，拿起皮夾掏出幾張鈔票，交給少年：「謝謝你願意來陪他。」

少年搖搖手拒絕了，他對男人說：「我覺得你不該總是在他面前拿錢給我，這樣很不好。」男人愣了一下，將錢收回皮夾，他說：「你說得沒錯，但我只是想讓他從小就知道，他得到的許多東西，是交換而來的。」少年有些生氣地說：「不只是這樣，我今天就是自己想來看他的。」男人說：「不是為了我的牛肉嗎？」

男人一面笑著，往後一躺，癱坐在沙發上，他們兩人對看了幾秒，少年有些害羞地別過頭，往窗外看去。男人從茶几上拿起一個小小的鐵盒，打開裡面放著幾張紙和一些深褐色、像是木屑的東西，他拿起一些，在手中撥弄著。少年好奇地盯著他的動作，男人問他：「你想要嗎？」少年充滿戒心地問：「那是什麼？」

男人停了數秒，用那雙深不見底的美麗眼睛，看著少年說：「大麻。」

少年愣住，說不出話來，男人等了一陣子才輕輕地笑著說：「只是一般的捲菸，你要嗎？」少年搖頭：「我不抽菸，如果我學會抽菸，我爸媽會氣炸的。」男人說：「你十八歲了，你可以決定自己想做的事。」

不等少年回答，男人已經為他捲起了菸，他閉上眼睛，用舌頭舔過菸紙上了膠的部分，模樣看起來像在作夢似的，完畢，將菸交給少年，少年將菸夾在手指中間，摸起來濕濕的，有男人的唾液。少年將菸含入嘴唇間，男人也為自己捲好了菸，並拿出打火機，給兩人點火。

少年的菸點不起來，男人指示他：「你要吸，火才點得著。」少年照著他的話做了，煙於是一下灌進了他的口中，和想像中的苦澀不一樣，竟有水果的甜味，少年困惑地皺起了眉頭。男人說：「那是藍莓口味的。」他吐了一口煙，繼續說：「但你剛才沒有抽進去，你要先吸進嘴裡，再吸一口氣進肺裡。」

少年嘗試的結果使他嗆了幾口，但應該是成功地吸進肺裡了，因為他隨即便感到暈眩了，男人問他：「有嗎？感覺如何？」少年回答：「暈暈的。」男人點點頭說：「那就是了。」少年又試了幾口，他摸索著學習控制吸進去的量，終於不再咳了，只留下暈眩的感覺。男人吞吐著煙霧，看著少年做迷幻的實驗。

男人問：「我抽的是別的口味，你想試試嗎？」

漸漸漂浮起來的少年，閉著眼睛回答：「好啊。」

男人吸了一口煙，湊過去，吻了少年的嘴唇。

男人的嘴唇非常軟，少年過去曾經有和女生接吻的經驗，閉著眼睛感受，兩者並無太大差別，但這次少年的陰莖卻激烈地勃起著。男人吻了非常久，直到少年抓住他的手臂，男人才退開，他口中的菸，是薄荷口味的。

兩人的嘴唇分開，少年又吸了一口手中的藍莓菸，他對男人說：「我想我以後不會再抽菸了。」男人疑惑地問他說：「為什麼？」少年解釋：「我喜歡游泳，如果繼續抽菸，我的肺活量會變差。」他將抽到一半的菸捻熄，丟入桌上的菸灰缸裡。

男人說：「至少你嘗試過了，你以後隨時可以做出選擇。」

少年將抽完菸的手指湊近鼻子前聞，被熏上了味道，手指竟聞起來有些像爆米花，頭腦因為暈眩而轉速變慢，少年不經思考，脫口而出地問了：「你太太呢？」

問句一出口，他便感受到空氣中有什麼事物，被微妙地擊碎了，男人過了許久許久都沒有回話，少年開始後悔起來，就在他想著要不要道歉時，男人終於開口：「她不住在這裡。」男人往前，將手中的菸直接丟進菸灰缸裡，任憑它在裡頭冒著煙，他面無表情地說：「時間不早了，你該回家了。」

少年尷尬地站起身來，拿起裝著泳具的背包，往門口走去，男人說：「我有些累，不送你下樓了，謝謝你今天來。」

在電梯裡，少年隔著短褲觸碰著自己的下體，想著剛才究竟發生了什麼事，卻只是一片混亂，他將那樣的混亂歸咎於抽菸，放棄再去思考，電梯快速下降，他的靈魂卻好像還留在方才那個屋子裡。

若少年的暈眩真的是尼古丁造成的，那他勢必抽了一支非常濃的菸，他暈眩的感覺持續了許多天，和男人共進晚餐的隔天，他竟打破了平時如鐵般堅固的作息，睡過頭沒有去健身。恍恍惚惚走進泳池，研究生看見他，打了招呼，從高椅上爬了下來和他聊天，小弟你來了啊我跟你說下週開始有一個安親班租下了泳池要在這邊上游泳課你的時段人可能會很多你要注意一下不要讓小朋友不戴泳帽就進泳池喔不要讓他們在池子裡尿尿喔……

少年嗯、喔地回答著，完全沒有聽進研究生在說什麼，只覺得那是一段毫無意義的聲音，直到研究生拿起手中的書輕輕敲他的頭，問他：「你有在聽嗎？是不是身體不舒服？」他才回過神來，隨口騙研究生自己昨晚熬夜，很睏，便爬上救生員椅，研究生困惑地搔搔頭，轉身離開。

少年坐在救生員椅上，看著上下搖擺、晃動的池水，心中想著前一晚的事。事件必須被共同記憶、討論，才能確定那是真的，距離那一個吻越久，少年便越來越懷疑那會不會只是他的錯覺，男人根本沒有吻他，這樣的錯覺只要一出現，就會不斷放大，到了後來，少年已經搞不清楚什麼是真實。

游泳課停了幾天，男孩的感冒需要幾天康復，在此期間，少年偶爾會有這樣的念頭：

不再出現，從此離開游泳池的工作，如此一來他就不用再面對男人了，但他又總會想起男孩說著自己要去尋找恐龍的雀躍表情，總覺得不捨。終於男孩的病痊癒了，他獨自一人來上游泳課，看見少年時，竟興奮地衝向前去抱住了他，少年感到欣慰。

小孩學習新事物很快，男孩很快便學會了自由式，雖然還是偶爾失誤、嗆水，但終究也會熟練起來。每當男孩因嗆了水而在少年面前咳嗽，少年總會想起那一晚，他學著抽菸，也是這樣生疏地呼吸困難，他不自覺地將兩件事連結在一起。

男人很久沒有再出現在少年面前，兩人再度聯繫上，是某個週末，不用當救生員，也沒有游泳課的傍晚，少年接到了男人的電話，男人在電話裡語氣輕鬆地邀請了少年去用晚餐。男人雖然聽起來一派自然，但話語背後很明顯地是在粉飾著什麼，少年有了上次的經驗，知道這次有什麼事可能會發生，他在那電話的對話裡嗅出了危險的暗示，但還是跟隨著他在內裡怦然心動的本能，答應了男人的邀約。畢竟再怎麼樣，屋裡還有男孩在，男人能做的事大概也不會比親吻更多。

然而，當晚少年走進男人家時，才發現男孩並不在，他有些慌張地詢問男孩的去向，男人說：「他今天生日，去他媽媽那裡慶生了。」少年此刻才得知男孩的生日。男孩今天滿九歲，他在心裡想著。同時他也從男孩的缺席，確定了今晚將會有什麼事發生。少年到時，男人已備好晚餐，這次雖僅是普通的家常菜，卻依然精緻，擺盤和配色都毫不馬虎，男人露出充滿歉意的表情：「真抱歉，週末我總是把平日剩下的食材隨意做來吃。」但少年卻覺得男人僅是試圖用平常的料理來消除緊張感，他們都知道彼此間的氣氛並不單純。

整個晚餐時間，少年都一直惴惴不安著，他的心跳比起往常快許多，他害怕即將要發生、他從未體驗過的事，然而，他也觀察到男人並不比他放鬆多少，舉手投足都失去了原本的自信，在此事面前，兩人都是一樣忐忑的，這令他感到公平而放心。

飯後，男人又坐在客廳，拿起桌上的鐵盒捲起菸來，並行禮如儀地問他要不要一根，少年忽視他的邀請，忍不住發問：「有件事情困擾我很久了，上次我來你家時，你吻了我嗎？」

男人停下了手中的動作，不解地看著少年，他說，「我一直以為你會問我為什麼，而不是發生與否。」他將菸放下，「今天找你過來，我是要向你道歉，那天吻了你，你的反應太冷靜了，而且你問起我太太的事，那讓我害怕起來，我以為你會拿此事來要脅我，或向我的兒子說什麼。」

「那你還讓他繼續來上課？」

「過了幾日，我的焦慮漸漸緩和下來，我總覺得你並不是那樣的人，而且，他的病也好了，一直吵著要去上課。」男人轉頭，又用他那雙難以拒絕的眼睛看著少年說：「他真的很喜歡你，就這點我很感謝。」

少年繼續問了：「為什麼他這麼乖巧，你卻總對他這麼嚴厲呢？」

「他很崇拜我，」男人說，他低下頭，又把桌上的菸拿起來繼續捲了起來，「在他還不懂事的時候，我對他的母親做了非常過分的事，那是你無法想像、惡劣至極的事，因此她才決定離開我，我害怕與他親近後，他會發現我是怎麼樣的人，甚至是變成跟我同樣的人。」他將捲好的菸收進鐵盒內，「很抱歉，這些事早在那一晚就該好好向你解釋了。」

男人說完心中的話，身體的線條突然放鬆下來。男人問：「你想要看他的暑假作業嗎？裡面全是你。」男人站起身來，帶領少年往男孩的房間走去，男人從男孩的書包內拿出了暑假作業的週記，交給少年。

少年站著翻開週記，男人則站在他的後面，越過他的肩膀，和他一起讀。少年感受到男人身體的溫度和呼吸。

男人說，「裡面全是你。」接著便摟住少年的腰。

當男人脫下少年的上衣時，少年從房間內的穿衣鏡裡看見自己經過一個夏天，蛻變而成的健壯身體，那個身體使他感到陌生，彷彿自己已經不是自己，而是一個局外人，看著這一切。他將視線移向前，看見了尼斯湖的海報，遠山環繞，水面閃著夢一樣的光，那湖裡有一隻恐龍，等待著一個男孩長大，然後將他一口吃掉。

那一晚男人教了少年許多事情，比整個夏天，少年試圖教給男孩的都還要多。天亮的時候，他們決定了兩件事，暑假結束了，游泳課也結束了。

在微弱的晨光裡，男人對少年說：「我們暫時先不要見面好了。」少年儘管年輕，他也察覺得到那所謂暫時，大概就會是永遠，他難過地說：「但我還沒教會他仰式和蝶式，他還游得不好。」男人說：「他升上四年級以後會有游泳課，他總有機會學好的，你不必覺得那是你自己的責任，我們生命裡許多事情本來就要靠自己去學習的……」然後少年便哭了起來，他想起男孩對他說過的話。

我是一半的你，你是一半的他。

用這樣的公式，少年不知道如果不再相見，他們之間到底是誰失去的比較多。

天氣很熱，少年又回到了泳池。

游泳池的採光依然如此地設計精良，正中午的陽光打進來，讓整個空間都閃著金光。研究生朝少年的方向走了過來，他又在含糊地說著一些聽不清楚的句子，少年打斷研究生的話，放榜這麼久，終於告訴研究生他考上了英文系。研究生瞪大了眼睛，激動地握住了少年的手，對他說恭喜和加油，那是少年第一次清楚地看見他的眼睛，那是一雙多麼善良而清澈的眼睛，少年真心希望他能夠找到快樂的祕密，真心希望他能夠成功地解讀人生。

研究生走後，少年爬上了救生員椅，往下俯瞰整片泳池，那是他整個夏天最熟悉的座位，從那裡他可以看見水道間來回游動的人們，他們看起來虔誠而勤快；也可以看見泳池落地窗外的花園，迂迴曲折的小徑，開滿了色彩奪目的花。在那張椅子上，他感覺到自己和一切無關，卻又支配著一切。而夏天結束時，他終究要失去那樣的視野。

一陣嬉戲聲傳來，少年看見一個男孩從更衣室走出來，但那不是他所認識的男孩，接著，又是一個男孩，更衣室不斷地走出男孩和女孩，幾分鐘過後，水道旁的地面站滿了陌生的男孩和女孩。

處在那樣的高度，少年看著他們做操，看著他們有沒有好好地戴上泳帽，看著他們排成一列跳進水裡，看著他們漸漸長大，看著一隻湖裡的恐龍出現，看著他們一個接著一個，被吞下肚裡。

# Adios

結束約會，C坐上公車之前對我說，如果我知道西班牙文的「再見」怎麼說，他就留下來，那是他正在學習的語言，對我而言全然陌生，但也許是過去曾經在電影裡面聽過，我竟然不需要思考便浮現了正確的答案，於是我對他說：「adiós。」他驚訝地看著我。在我說出通關密語的時刻，C等待的公車來了，他猶豫著要不要上車。

那一晚C沒有留下來，不過之後許許多多的夜晚他都留在我的身邊。他繼續學習著來自歐洲的語言，並且半強迫地要我和他一起學，我們在睡前用新的語言道晚安，在浴室的水聲中背誦著單字，把電影的字幕關掉胡亂猜測著劇情。我們在主詞與受詞間交換著角色，在例句中練習各種時態。「上個禮拜，我們一起去看半夜的電影。」「因為當時我覺得餓了，所以你便下廚給我吃。」「你傷心地哭了，在那之後，我對你說我愛你。」

學習新語言的過程總像一場戀愛，我學習和你溝通的規則，漸漸能夠理解你話語背後的意義，我們的聲音終於有了共鳴，然而偶爾用了錯誤的文法，就成為我們誤會的開始。

我不知道要完全學會一個語言需要花費多久的時間，有時候我會有這樣的錯覺，彷彿我們學習得越多，犯錯的機率便越頻繁，常常我看著C的表情，覺得他好像完全不明白我在說什麼，到了最後，當他開口的時候，我也失去了聽的能力。

那一天終於來臨時，我對著滿臉眼淚的C說了「adiós」，我才發現最一開始的那一個晚上，C問錯了問題。他想要我說的是「留下來」，但我卻說了再見。那時候我們都只是初學，還不知道如何挽留。

# 流星

他總是不經我的同意就將那些故事告訴我，有些是他自己編的，有些則是聽來的。說完以後，他會要我挑出這故事裡面不合邏輯的地方，我說為什麼呢，為什麼你要說一件假的事情，然後再讓別人告訴你哪裡聽起來假呢。他說他在練習如何製造一個世界，而一個造物主需要反覆被挑戰才有可能成真。

在冬天的山裡，我們一起目睹了一顆流星，他說，「如果，」他總是用如果開頭，好像那些事情具有可能性一般，「如果有一顆流星掉到地上變成了一個女孩；如果有一個衰老的巫婆，正好需要一顆流星的心臟來重回青春。巫婆追殺著女孩，用光了所有法力，變得極老極老，才和那女孩相遇。她懇求女孩說：『請給我妳的心吧，我好想再獲得一個人生。』那女孩回答她說：『我的心已不再是我的了，我愛上了一個男孩。』」他笑了笑，「你覺得聽起來如何呢？」

我問他：「流星的心臟應該長什麼樣子呢？那會是一個流著血的拳頭，還是一枚發光

的石頭？」他說這不重要，在故事裡面我們沒有看見誰的心臟。我又問：「一個女孩失去了心要怎麼繼續活呢？難道愛上了誰就等同赴死嗎？」他說，女孩不死因為男孩也同樣愛著她，他們兩個交換了心，相愛讓人得以繼續存活。

「喔，這樣子我便懂了，你解決了我的疑惑。」我是真心誠意地這樣說，因為就在同時我才明白為什麼我越來越不感到活著，他並沒有愛回來。

# 夏日之戀

夏天就要結束了，我和D的戀情依然未果。手機裡有一張他在海邊的照片，他皺著眉頭喊熱，黑色的上衣除了汗濕外，還有白色的痕跡，汗水蒸發後在他身上留下了鹽的結晶，我沒事時便把照片找出來，那鹽的痕跡一直看著，彷彿能看出某種預言。他的樣子令我深深著迷，我甚至記得他那天共抽了六根菸。

到現在我還是無法明白，我如此平凡且無趣，颱風那天夜裡他為什麼要吻我。那日我們在他租金便宜的老舊套房裡，一面躲著風雨一面喝著啤酒，喝得兩人都有些醉了，突然世界陷入黑暗，線路不堪風雨的襲擊，整個房間就停電了。他搖晃著腳步，笨拙地在電視櫃附近拿出備著的蠟燭，點燃放在小茶几上，順勢點了一根菸攤在床上抽了起來。蠟燭的光線極弱，他在那光裡像是一個無比遙遠的夢。冷氣和電風扇都停止運作，房間遂變得悶熱，我隱約看見他的臉頰流下一滴汗。他坐起將菸捻熄便回到床上睡去。我不知如何是好，將蠟燭吹熄，在床上找尋空隙躺下閉上眼睛。夢裡，突然嘴唇一陣溫軟，才發現他正在親吻我，在黑暗中我只能隱約感受到他的輪廓，還有他身上的菸味。在那吻中，小小的套房成為我生命裡的颱風眼，全然地靜謐而安全。

D一直有個相處不來的情人，這我是一直知道的，離開D的念頭整個夏天不知道出現過幾回。幾次我們談起正式交往的事，都要成真，他用極真誠的眼神看著我，說回去便和那人分手，絕不辜負我。但最終卻又一直道歉，說他們的關係昇華成如同家人，如何密不可分，這對他來說多困難。最後一次見面時，我忍著眼淚對他說，「我希望你能將我當成一個真實的人來愛，而非你成就感或安全感的來源。」他像是被煙熏到那樣瞇起眼睛，默不作聲。

我已經三個禮拜沒有D的消息，我不明白他在想什麼，亦不知道他在哪裡做些什麼。夏天就要結束，蟬漸漸不再叫了，颱風也不會再來。常常我閉上眼睛都在想著這個夏天所發生的一切物事，不知為何總想起照片裡的那片海。記憶總是鹹的，眼淚蒸發後在我身上留下了鹽的結晶。

# 島

進入夏季後的每一天，我總帶著傘，夏天是會騙人的，白日的陽光再怎麼刺眼，我總可以感覺到雨樹的枝枒在空氣裡生長著，一過午後，水氣環扣，結成一串就下成了雨，於是下不下雨，便成為一種季節性的猜謎。

午後雷陣雨降臨得急迫且隆重，四面襲來，傘也就失去遮蔽的意義，我從背包裡拿出傘上下顛倒，成為小舟，在馬路上用雙手緩緩划行著回家。

無處可去的時候，你會出現在我家，無奈地坐在沙發上看著電視，打開門看見你，我的心中便升起了太陽。雨下得越來越大，我聽著雨聲，想像四周的馬路都淹起了大水，巷弄變成川流的河，世界變成安靜的海洋，我所居住的這六層樓高，沒有電梯的小房間，遂成為一座小小的島，那島上只有我們兩個，沒有別人。

做著這樣的幻想，房間裡彷彿發出叢林的氣味，既生猛又充滿性的暗示，我看見窗外一個影子經過，我伸出手指激動地說，你看，有魚經過，淹大水了，我想你回不了家了，

住下來吧。你在巨大的雨聲中聽不清我的話，看了一眼窗戶，明白那只是一隻尋找棲身之處的野鳥飛過，語氣平淡地說：「你在說什麼夢話？」那句話是你的口頭禪，你務實、科學且實事求是，總是在最令我心痛的時候，戳破我對這個城市一切神奇的幻想，卻不知道所有的幻想，對我而言都只是背景，我夢真正的主角，便是你盯著電視的側臉。你在說什麼夢話。我想若有一天，我真的和你說了我愛你，也會聽見這樣的回應。

雨漸漸地停了，海水便準備退潮，我們所站立的地方，從一座孤島又變回那寒酸的套房，你收拾你的皮包，準備要走，站在窗戶前確認雨勢，你喃喃地說：「我該走了，但或許也沒這麼趕……。」

夏天是會騙人的，每個夏天我都有無數個謎題要猜，其中一個便是你猶豫的背影，然而我從來都不擅長猜謎。你站在小島的海灘邊，我看見浪一波一波地打上你的腳踝，我什麼都不會做，我只等待你自己轉過身來。

# 菸

有一個晚上，在巷子裡，一個陌生人交給我一包菸，他說他從此就要戒了，請我為他保管。我將那菸盒湊近鼻子聞，覺得味道非常好。異國來的菸盒上寫著陌生的語言，於是我問他，「菸的名字是什麼呢？」他心不在焉，聽錯了問題，回答父母給他的名字。

他沒有說過需要替他保管多久。

未經過他同意，之後我想起那晚的事，便會拿出來抽。

和他同名的菸，燃燒後變成了灰，散逸在空氣中。

抽到最後一根時，我下意識地念了他的名字，那些音節聽起來又近又遠，然後我想，會不會這根菸結束以後，他便會像那些灰一樣消失呢？

然而我還是點了火。

後來的事情我也不知道如何說起，總之我們都戒了菸，變成很好的人。

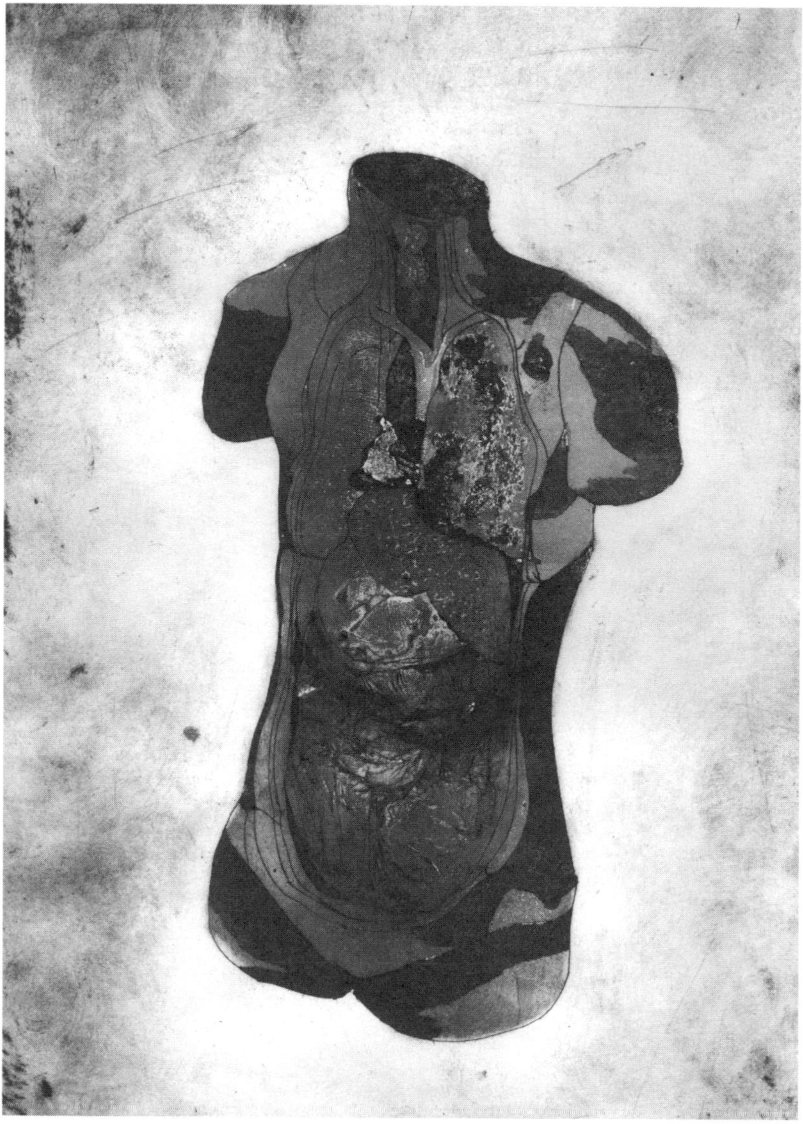

# 想念夏天

我開始後悔想念夏天。

每年我都重複相同的循環。冬日的天空被灰色的雲層壓得極低，我則因為寒冷的空氣而異常清醒，那樣的清醒使我變得憂鬱而易感，經常感到心臟隨著灰雲的重量陷落一塊。那種時刻，我會想起夏天的美好意象，以為我的一切憂愁將會隨著陽光的到來而蒸發，直到夏天的真相一次次讓我幻滅。

那年暑假他開始頻繁地寄簡訊來，手機在抽屜裡嗡嗡的震動聲，總是一瞬間打亂我心跳的節奏，但那卻是我無聊的自習時光，鎮日守候的驚喜。「你在幹麼？」他像忘記戴錶的人問起時間，一天重複幾次這樣的問題，彷彿我的行程與他有什麼重大關聯。我細心斟酌回應他的內容與時機，祈禱我的訊息也能對他的心臟造成相同的影響。

偶爾接近晚餐，補習前的時段，我會在樓梯間坐著與他聊天。那根本不是個好地點，我們時不時必須跺腳來驅趕蚊子，卻從沒有一個人先起身離開。有一次，他的手極其自然地勾上了我的肩膀。我容易出汗，脖子上全是濕的，他的手臂與我的皮膚摩擦，汗水中的油脂在兩者之間滑溜溜的。我想他一定感到我很噁心，這樣的想法召喚出我的自卑，讓我感覺自己正在毀滅。

然而他卻沒有將手移開，他勾著我的脖子，直到我們必須各自去上課。在那過程裡，我漸漸理解到：我被接受了，他喜歡著我。我盯著他腳踝上被蚊子叮咬的腫包，感覺他在用盡力氣告訴我這件事情，儘管那些證據多麼微小。

我曾經用如此幽微的方式，去確認一個人的愛意。我們什麼也不說，僅能相信直覺。過去我將這樣的確認過程視為崇高的儀式，以為我們用盡所有隱喻，是因為我們之間的感覺非常純潔。多年以後，我和在捷運上與我對眼的某人，不發一語卻默契十足地先後走進同一個廁所隔間，我徹底理解幽微並不代表純潔，純潔亦不指向更高級的什麼。人不需要相愛也同樣可以心有靈犀，只要追求的是相同的事物。

當年接受我汗水的男孩已不知去向，我來回被許多人接受與拒絕，而此刻我的約會對象，在一個夏日夜晚的散步中，輕輕地吻了我的後頸。那部位依然被悶熱的空氣逼得大汗淋漓，我轉身向他道歉，他對我說沒有關係，卻別過頭用衣服擦了嘴唇。

看著他的動作，我開始後悔想念夏天。我的直覺告訴我無法再與這人來往，我甚至開始恨他。

我的後頸曾有過美好的記憶，然而此後那塊皮膚只能用來提醒我，我究竟失去了什麼。

## 祕密

連假返家時，他在那條多年來都被里民詬病的危險路口，給一台趕路的車給撞死了。衝擊的力道之大，使得他的大腦在一瞬之間就被粉碎。到達死亡的狀態，幾乎不到一秒鐘的時間，他沒什麼感覺到痛，只像是被誰用力推了一下，飛到空中，接著他的意識，就像脫掉一件衣服，極為輕巧，沒有負擔地，從原本的身體分離出來，到了一個很高的地方。

原來死亡是這樣的感覺，他沒有消散成無，沒有抵達天堂地獄，或任一彼岸，他依然在現世漂浮。死亡雖然奪去了他的身體，卻給了寬闊的視角，一種殘酷的視角，他看得見所有他想看的，卻也閃避不了，那些他不想看的。

好比現在，他就看著他那個後半生辛辛苦苦獨自將他撫養成人的母親，趕到現場，在好心路人的攙扶下，癱軟地看著他沾了血的身體，無聲地哭泣，淚水從她的眼中毫無憐憫心地猖狂流下，似乎永遠都不會停。接著她突然望向天空，尖叫起來，幾乎就要嘔出心肺，就像是在責怪上天。他和母親的眼神有一瞬間，彷彿交錯在一起，但他知道母親沒有看見他，因為她的眼神空洞，毫無焦點。原來悲傷至極的人是這樣的，這世間已經沒有什麼東西值得她看的了，所以她的眼睛再也接收不了光線。

過了數日，當他的室友林正疑惑於為何開學了，他還沒回到宿舍時，林接到了他母親的電話，母親先是以一種不願叨擾兒子朋友的壓抑語氣，宣布了他的死訊，過了一會兒，還是忍耐不住，泣不成聲。林是那樣善良的人，聽著一個母親為著兒子的死慟哭，林也忍不住鼻酸起來，林努力擠出字眼安慰著電話那頭心碎的女人，說他是個很好的朋友，大家聽到這個消息一定都會很想念他。母親拿著電話，用面紙將滑落的淚水一顆顆抹掉，同時獨自一人在家中客廳，沒有對象地做著鞠躬的動作。

謝謝，謝謝。母親重複地說，重複地鞠躬。

他看著那畫面，感到心抽痛著，正要伸手去摸胸口，才發現自己已經沒有手，也沒有心了。他只剩下，無從介入也無從逃避的視角。

母親請求林將他宿舍裡的東西，收拾打包，她週末會去領取。他的母親顫抖著聲音說，聲音相當懇切、迫切，沒有拒絕的空間，於是林答應了。

林掛上電話，轉過身，看著他的床鋪和書桌。他的電腦放在宿舍沒有帶回家，旁邊放著一疊圖書館借來的小說，是否要幫他拿去還呢？一件牛仔外套掛在椅背，桌上有一株多肉植物盆栽，某一天就突然出現在他桌上了，似乎是別人送他的生日禮物，但林也不知道他的生日到底是何時。

林剛才在電話裡對他母親說的一番話，完全是出於善意的謊言，與事實全然不符。林和他是單純的室友關係，連室友中的「友」字都說得有點勉強，兩人只是住在同一間寢室，幾乎沒有私交，講話時只是單純為了溝通居住習慣，或是交流宿舍資訊。林雖然和他不同系，但也有耳聞他的孤僻，他除了一年級剛進來時參加過系上的迎新，後來就再也沒有出現在任何聚會的場合，上課時獨來獨往，不太點名的課便經常曠課，用餐時間也自己坐在角落的座位，一邊看書一邊吃，顯示出不想與人同桌的氣氛。

然而和他當室友，對彼此都是一件非常幸運的事，林是習慣把喧鬧留在門外，回家後就安安靜靜沉澱的那種人，而他那樣不給人添麻煩的個性，使得兩人在寢室內的相處非常和諧。偶爾他回到宿舍時，林會和他打個招呼，直到入睡熄燈時，先睡的那人才會在爬上床前，和另一人說，「我先關燈了。」兩人之間的互動僅止於此。

有一次林回到宿舍，隔著門，林聽到他在講電話，興奮的笑語高低起伏，透過門板都可以聽得清楚。體貼的林在開門時，故意先用指尖碰撞門板，發出一些聲音，聽見他講電話的聲音停止了，才拿鑰匙將門打開，他看見林，點了點頭，便拿了電話出去，找一處礙不著人的地方，繼續剛才的談話。

兩人都是如此貼心的室友，每天生活在一起，對彼此卻一無所知。

經過這件事，林至少知道，他不是全然孤獨的，在同學們看不見的地方，他有自己的朋友的。

林將他的雜物、衣物，一一收好放進紙箱裡，全部打包，竟僅僅兩箱。他在書桌旁的縫隙發現了用來裝載電腦的提包，在將電腦收進去之前，林的好奇心卻突然被點燃，林非常想知道，這個彷彿社交絕緣體的室友，在眾人未知狀態下，到底過著怎麼樣的生活。於是林將電腦開機，出乎意料地，他竟然沒有設任何密碼，林輕易地就進入了他的桌面，是不知何處下載來的極光照片。

接著他看著林一個個點開他的資料夾，日記、影片、音樂、照片，他多希望林將那些資料夾的內容看個仔細，看看那些他赤裸著身體，享樂時拍下的照片，這樣林就可以了解他電腦裡的東西是多麼不堪入目。像林那樣好的人，應該會有同理心，能夠理解他的困難，在把電腦交給他母親前，刪除掉那些東西。

拜託，拜託。他漂浮在空中的意識大喊著。可他沒有辦法發出任何一點聲音。

就是因為林是那樣好的人，林握著滑鼠，罪惡感一點一滴的升起，因此他只是隨意瀏覽了資料夾，沒有點開任何一個資料夾，就將電腦關機闔上了。

那個週末，他母親坐著朋友的車來到了宿舍，林是第一次見到他母親。與他相像嗎？林發現自己竟然想不太起來他的臉了。母親先向林道了歉，她說她不知道他其他朋友的聯絡方式，只在開學時留了他室友的手機，她的眼睛全是血絲，是過度流淚造成的。林說沒關係，接著陪他們將他極少的家當，或說遺物，搬上了車。

林將最後一項，電腦，交給了他母親，同時說了一句，「裡面好像有些生活照，阿姨想他的時候，可以拿來看。」

母親愣了一下，問，「你知道他有沒有女朋友嗎？」

林支支吾吾，說不清楚。

母親努力擠出一個笑容，僅是為了讓林感覺好些，然後搖搖頭說，「你們年輕人。」

林看著車子漸漸遠去，想這大概是自己與他，這一生交集的終點。而他看著林的身影，林那樣好的人，並不知道，自己可以在一個人死後，照樣毀了他的一生。

他的意識飛行在母親所乘的車子上空，跟隨著她，回到了生他養他的那個家。

母親將那兩個紙箱拆封，看著他撐過的傘，感謝那傘曾經為她的孩子遮雨；摸著他最常穿的那件毛衣，是錯覺嗎？上面彷彿還留有他的體溫。她的心都碎了，她捧著毛衣跪在地上，咬緊牙關，眼淚一滴滴地掉落，好恨啊，我的乖孩子，這樣善良，這樣一表人才的大男生，還沒娶妻生子，就這樣走了。

可若他還活著，他有可能會娶妻生子嗎？母親猛然地抬起頭，眼神似乎又與他對上。

原來母親早都有感覺的，他想。

父親好多年前，就拋下母親走了，從小看著母親受盡委屈，只為兩人生活奮鬥打拚，他告訴自己，他必須當個好孩子，他們家只有兩個男人，而不能兩個都讓母親傷心。所以從小就學會了安靜，在外頭遇見再苦再難的事情，他都不會和母親說。

就是因為什麼都不說，母親現在才想要自己找出答案，將這之間的空白給補上。

他看著母親將電腦從提袋裡取出來，放到桌上，將開關打開，母親也看到了那片極光。

還活著的時候，遇到難以度過的關卡，他心中偶爾會有死意，想著只要一死，眼前的困難，都可以就此逃避掉了。他那時以為死就像是關電視，啪地一聲，畫面全沒了；現在他才知道，死其實是像看電視，你什麼都看著，但你就是無力改變劇情。

母親一步一步，已經來到了最關鍵的資料夾，再點進去，母親就會看見，他的裸體，還有別人的裸體，他們像是青蛙堆疊在一起。如果母親還沒被此驚嚇得關上電腦，其他的資料夾，還有他長久搜集，特殊癖好的色情片。

母親點了點滑鼠，他希望能夠閉上眼睛，但他沒有辦法。

這原本都只是他自己的祕密而已。

他這一生最大的恐懼，就是沒有辦法繼續當個好孩子。

他好害怕，他會在母親的心中，再死一次。

# 練習

二十歲那年秋天，一個下午，我手抱著筆記本，躺在住處的床板上念著期中考。隔著玻璃，我的室友站在小小的陽台，右手的食指和中指間夾著一支菸，在他自己所製造的雲霧之中看著樓下充斥著鐵窗和遮雨棚的防火巷。他察覺到了我的視線，轉過頭來看向我的方向，我並無什麼值得觀察的，因此他立刻便轉了回去，然而那眼神如此直接且穿透，至今想來，我依舊感到胸口一陣炙熱。

因著那樣的眼神，我拿起已被寫鈍的鉛筆，企圖將這樣的畫面封存下來，在筆記本的空白頁，隨手素描了被煙霧所包圍的他，接著撕下，打開窗戶將塗鴉傳給他，並對他說，別再把菸灰往樓下丟了，我們總是被鄰居抗議。他看了我的畫，把還沒抽完的菸往牆上熄了，並將皺巴巴的菸屁股往樓下丟，然後告訴我，「畫得很好，繼續畫。」說完，右上方隔壁公寓的窗戶突然冒出一張女人的臉，她看著我們，氣呼呼地關上了窗，想是被菸味熏得受不了。他笑著對我說：「我要戒菸了。」

後來我想，許多事情都是從一個眼神開始的吧。那是我們當天所進行的所有對話，但那個下午他所說的事卻全都實現了，他再也沒抽過任何一支菸，而我則因為他隨口所說的一句稱讚，開始繼續畫畫。我在此之前從未認真地畫過任何一張畫，因此也不知道畫一幅畫，需要怎麼樣的工具和技術，我去附近的書局買了圖畫紙，幾支深淺不一的鉛筆，和一個橡皮擦。結帳離開時，我又回頭去買了一把美工刀，我印象所及的所有畫家，都是用自己雙手的力氣削鉛筆的。

那把刀的尺寸比起一般來得更小一些，我選擇它的原因是因為方便攜帶，任何一個鉛筆盒都可以輕易地裝下它，同時，作為一把刀，它非常適合成為傷人的暗器，但我並沒有想傷害任何人。

回到住處，我隨意拿了室裡幾樣物件開始素描，但怎麼畫，都沒有那日畫下他時所感覺到創作的衝動，作品的線條也生硬又僵直。我拿起他抽菸的那幅畫，細細看著，試圖察覺其中的不同。此時他正好從打工的地方回到家裡，他打開門，看見我的動作，脫了鞋走到我身後，一起看著我的畫。他說，「也許你適合畫人像吧」，並說如果需要練習的話，他可以充當我的模特兒。

從此以後，我就常常在各種時刻觀察著他，我的視線幾乎不離開他，如他那樣不太在意他人眼光的人，偶爾都會被我的視線看得臉紅起來。在這樣的注視下，時間的轉速好像變慢了，他的所有行為都被切割成極細小的單位，我仔仔細細地看著，即便是極端日常的場合，也會有令人無法忽視的片刻，讓我必須拿起筆將它畫下。

有一次，已然轉冷的天氣裡，突然降臨了秋老虎，我們為了省電不開冷氣，將所有的窗戶都打開，室內還是熱得令人受不了。他坐在電腦前寫著作業，在悶熱的空氣裡，他索性將上衣給脫了，背對著我，我看著他背部的線條，隨著手部的動作牽動肌肉，讓我聯想起曾經在電視裡看過的草原馬的背，光滑平順的背，形狀像遠山，可以支撐天空。我試著將他的模樣畫下，在我作畫的過程間，他因熱而流下的汗水，不斷地改變著我眼前的景象，我也因為這些變化必須做出修改。

最後我投降了，我的速度永遠也跟不上他的變化，僅能與時間妥協，捕捉大概的印象。完成了畫作，我喊他的名字，他站起身走來我旁邊，仔細地看著畫，和我貼得非常近，我甚至感覺得到他身上傳來的熱氣。他非常滿意地笑了，對我說：「你畫得真好，就好像我活在畫裡面一樣。」接著伸了伸懶腰，拿了毛巾，走到浴室去洗澡。

在蓮蓬頭的水聲中，我盯著畫看了好久好久，直到眼睛發痛才閉上。在一片黑暗裡，我看見畫中的他，那停留在眼球上的殘像在意識的海中漂浮著，並漸漸地活動了起來，就彷彿那畫是有生命的，在灰階的世界裡生活著，我終於明白去追趕時間是沒有任何意義的，當我完成了一件作品，時間就被封存在那裡。那是我和他共同擁有的時間，我從沒有一刻感覺到和他這麼親近。

在反覆的練習後，我的畫工漸漸地進步了，我畫下他每一個細微的動作，甚至跟著他外出，將他在工作或是和朋友聚會的樣子也畫下來，每完成一幅滿意的畫作，我便將畫作貼在住處的牆上供他檢視。他對我的進步感到驚豔不已，問我為什麼從來沒想過要當一個畫家，我沒有回答他，但我在心裡想著，直到現在我也不曾想過要當一個畫家，我只是想要將他的模樣給畫下來。

創作累積的數量越來越多，慢慢地占領了住處的牆，於此同時，他產生了變化。

我畫下他工作的樣子，他漸漸便不再去上班；以往他總是會在房間裡氣喘吁吁地鍛鍊身材，在被我畫下以後，他也不再出現過那樣的舉動。刷牙洗臉、曬衣服、躺在床上看電影，一項接著一項，他每日所進行的活動逐漸地限縮了，不知道是什麼原因，不過我所畫下的作品，似乎正從他的生命之中偷走什麼，而他並沒有察覺。那樣的改變不是一瞬之間，而是循序漸進的，活動的頻率越來越低，有一天他就再也不做那些事了。

我真正感受到事情已經無可挽回，是我無意之間畫下了他講話的樣子，而我再也想不起來他所說的最後一句話是什麼，因為我太專心於素描。我一邊畫著他嘴唇的形狀，只見他的音量慢慢降低，最後像是放棄一樣，閉上了嘴巴。我問他，「你把話說完了嗎？」他只是徒然地看著我，然後搖搖頭，自那以後，他就再也沒有開口講過一句話了。到那時，其實他幾乎已經足不出戶了，每日就是起床、用餐，然後花非常長的時間睡眠，僅僅維持著生命的最基本要求，他似乎並不知道這樣的結果是我所造成的，沉默地在房間裡遊蕩，或許是錯覺，但他身體的輪廓似乎越來越淡了。

我不知道為什麼我的創作會使得一個人變成這樣，但我卻無法因此而停下來，他點燃了我的創作慾，那慾望無限膨脹，到了我們彼此都無法想像的地步，終究成為了像是惡意一般的巨大衝動。我不免想著，如果我繼續畫下去，在前面等著他的會是虛無或是死亡？

某一天，我回家，看見他坐在我的桌前，左手臂流著血，而他用右手努力壓著傷口止血。他的視線看向桌上的美工刀，原來他想要看我未完成的畫，卻被我沒收好的刀子所劃傷了，我確切記得我出門前有將桌面整理過，但從我買下那把刀子的那天，我就知道它總有一天是會傷害人的。

我拿了一張紙和筆，將他的樣子給畫下來，他的血便漸漸地不再流了，他無語地盯著自己痊癒的傷口，再看向牆上貼滿的他的畫像，最後望向我。他什麼話也說不出來，但那是我這輩子所看過最悲傷的一雙眼睛，他的瞳孔灰暗，好像鉛筆描上去一樣缺乏真實感。他哭了起來，沒有發出任何聲音的哭法，我走向他，將他抱在懷裡，感受到他的身體因為悲傷而不斷震動著。

最後，他終於只剩下睡眠。

房間裡貼滿了他的畫像，好像一個為他而存在的美術館，他深深地沉睡著。我看著他的樣子，想著他是否在作夢。這將會是最後一幅畫了。我用曾經割傷過他的那把刀子虔誠地將鉛筆一一削尖，在桌面照著深淺的順序排好。坐在他的床前，拿起筆將他最後的睡眠給畫下來。

我花了非常漫長的時間才完成那幅畫，中間甚至交替了幾個日夜，讓我看見他臉上所能發生的所有光影變化。等到終於完成時，我已然疲憊不堪，但我看著那完成品，我想或許是我此生所畫過最好的畫，他的睡容在那畫裡散發著光芒，閉著眼睛，好像穿越時間而存在的神的面容。

在無數次練習以後，我終於成為一個好的畫家。

但我今後再也不畫了。

在畫完成的那一刻，他的身體像是被橡皮擦擦掉那樣，顏色慢慢地變淺，那變化非常地微小，以依稀可以察覺的方式在發生，我凝視著那樣的過程，從頭到腳，試圖將他最後的身影牢牢地刻在我的視網膜上。直到他消失在床上時，我的眼裡還留著他在那裡的影像。

看著那片空白，突然很慶幸我永遠不可能畫出他所作的夢，如此一來，即使他的身體消失了，他的夢依然可以漂浮在這小小的房間裡，無論那夢是彩色或是黑白的。

棉被和枕頭還留有承載過他重量的痕跡，我鑽進他曾躺過的地方，一面環顧四周的牆，細數著這段日子我曾經為他創作過所有的畫，漸漸有了睡意。床鋪裡還留有他的氣味和餘溫，那可能是他留在世界上最後的遺物，我往枕頭深深地吸了一口氣，在他曾經存在的地方，我感覺到非常、非常地溫暖。

# 觀看流星的正確方式

夜裡一陣暖風吹過雙腿間，一波波熱浪蔓延，在身體上開滿了花，某一刻卻又突然清醒過來，理解這一切全是夢，只剩大腿皮膚上的濕涼。幾年過去，我再度從同一個春夢裡醒來，成年以後就少有夢遺，那感覺遙遠又熟悉，以至於我不夠警覺地去發現那是一個陷阱。坐在床上悵然若失，剛才肉體的溫度彷彿還留在身上，所有的美夢都是騙局，你投入再多感情，它只給予醒時的空虛。

英文的春夢叫作濕夢（wet dream），和中文相比，一個是在描述夢裡的精神狀態，另一個則是描述因夢而發生的生理反應，從這點大概也可以推測兩種語言看待此事的態度。無論如何，夢境已結束，我現在只擁有四角褲上濕黏的殘局，我嘆了一口氣，認命地下床清理，這把年紀的還得面對這種青少年的窘境，我感到自我厭惡。

夢若不在清醒後立刻追憶，很快就會消失在記憶的海溝。我於是站在洗手台前，沖洗褲子，拂去白色的霧，乘著小船在海上試圖打撈，那隻在深海裡不斷製造夢境的魚。

這一再光臨的夢，是由某次旅行的記憶變形而成。那年夏天我剛從大學畢業，和當時的戀人一起到了花蓮。旅行的第一晚，沒有安排任何行程的我們，試圖在街道上尋找酒吧，錯愕地發現這個地方並不流行夜生活，無所適從，又不願倒頭就睡，於是問了民宿的主人。那大叔煮著宵夜，告訴我們說沿著公路有個他私心喜愛的海邊，遠離市區的光害，在今天這樣的好天氣下，星星伸手可得。

他為我們畫了一張簡易的地圖，我們便坐上機車，在夜裡一路沿著銀黑色的濱海公路逆風狂騎。戀人的手緊緊摟著我的腰，風從我們身邊用極快的速度經過，偶爾幾段路全無路燈，黑暗像液體一樣包裹著我們，僅有車頭燈為我們指引方向。每次騎車載著某人，我都感覺這真的是生死相依的時刻了，若我閃神，龍頭一偏，後果不堪設想。更何況這次身後的是當時心臟為其跳動的愛戀對象，心中燃起了必須保護戀人，某種類似騎士精神的亢奮感。

因為四周極暗，空中的點點星光突然清晰無比地浮現在我們眼前，這是都市長大的我從未見過的景象，我深吸一口氣，不知是感動還是風太強了，眼角竟泛出一點淚水。戀人突然從後座湊近我的耳邊，他說：「……很多。」風切聲太大了，我沒有聽懂，但我想他是在形容眼前的星星吧，我點點頭，他似乎發現了我並沒有理解，又重複了一次，這次他說的話清楚地傳進我的耳朵。「風這麼大，等等回去耳屎一定很多。」

感動瞬間消散，眼前的星星一顆顆都變成耳屎的形狀。

我的戀人有個極其特別的超能力，他總是能夠用輕而易舉的方式，將辛苦建立的浪漫氣氛毀於一旦，那與其說是不解情趣，更像是某種破壞性藝術，他明白美好事物的漏洞在哪裡，並用玩笑的方式，朝著那漏洞的方向大捅特捅。

當時的我正處於生命中一段感性全開的時期，剛從大學畢業，既沒有像同儕一樣考取研究所，也想不到有什麼適合自己的工作，該在當兵時好好想一想未來，我又因為一些心律不整的毛病而免役。只能靠著爸媽的供給和打工薪水，混一天是一天。回頭望去，青春已經過完了，我的手上卻空空如也，好像什麼都沒有得到似的，當時的感受真的就像歌詞寫的「前已無通路，後不見歸途」。

因為一無所有，所以感到脆弱。我常常為一些雞毛蒜皮的小事哭起來：打破宿舍裡的馬克杯、考完大學最後一次期末考、路邊的流浪貓對我磨蹭……我都可以往極其傷感的方向去思考，因而流下淚來。在那樣的狀態下，我刻意地去追求感動，大量地讀詩集和看電影，我強烈地被那些美好的事物所吸引，在電影院裡淚流滿面，把詩集滴滿淚痕。在心中對自己發下誑語，立志此生要當一個寫詩的導演，或是一個拍電影的詩人。那次與戀人的旅行也算是某種刻意追求感動的行為。

事過境遷去看當年的自己當然覺得可笑，卻又莫名覺得愛惜，蠢笨卻直接，那樣的階段大概就一生一次，再也不會有了。當時感性氾濫的我竟然會被「浪漫破壞機器」的戀人所深深吸引，真是一樁奇事，但或許就是因為戀人一直阻斷我的浪漫，才能讓我不至於太過敏感纖細。

一直把他當成戀人稱呼，其實彼時我們兩人並未有什麼明確的承諾行為，我們在朋友的聚會上認識，後來我約他出來見面，越走越近，最後就如同情侶一般相處了。這樣的狀態已經持續大概兩個月，雙方都沒有人想挑明白講，兩人的關係已達成平衡後，再多說什麼都害怕將之破壞。我可以確定我真的非常喜歡他，證據就是我腦中偶爾會忍不住想像，我們兩個可能會有的未來生活，想著想著感到幸福，那幸福感卻隱約伴隨著陰影，總覺得像是踏著薄冰前行。

照著民宿老闆的指示，我們終於來到了海邊，停妥機車，抬頭一看，天上閃動的星星果然清晰可見。戀人拿出老闆借給我們的一對手電筒，四處探照，找到一處適合走下海灘的斜坡，我們沿著那斜坡，踉踉蹌蹌地向下爬去。海浪聲在黑暗中聽起來就像近在眼前，令人有些害怕，我拿手電筒往海的方向照，大概還有十五公尺左右的距離。

突然，遠處一個聲音傳來：「可以借我一下手電筒嗎？」戀人受了驚嚇，抓住我的手。我們將手電筒往聲音的來源照去，一個少年站在沙灘上，被光線亮得瞇起了眼睛，我朝著他的方向喊：「怎麼了？」他回：「我想生營火，但打火機不知道掉去哪裡了。」

戀人戰戰兢兢地用耳語小聲地對我說：「應該不是鬼吧？」我看他有問有答，也有實實在在的影子，大概是人，便鬆了一口氣，回話：「等一下，我們過去找你。」他點點頭，說：「中間有條小溪，小心別滑倒了。」我們向前走了幾步，真的有條小溪被手電筒照出銀白色的反光。

我們將拖鞋脫下，拎在手上，橫越那條大約兩米寬的小溪，來到少年的身邊。我將手電筒遞給他，他在石縫間仔細摸索，「哈！」他發出興奮的叫聲，終於找到了打火機。他將打火機點燃幾下，試試功能，便旁若無人地開始撿起漂流木，在地上標準且俐落地堆起來，他從口袋裡拿出幾張準備好的廣告紙，點燃火苗，三兩下就將營火升起。

戀人看著他忍不住發出讚歎聲，少年有些害羞地別過頭去。「我們可以加入你嗎？」我問，少年說好。他搬了一塊石頭，在火堆邊坐下，我們便照著做。他轉頭問我們說：「我帶了一些地瓜，你們想吃嗎？」沒等我們回答，他便從背包裡抓出三顆地瓜和鋁箔紙，把地瓜包好後，拿著樹枝，將它們往營火的底部塞進去。

「你一個人怎麼帶這麼多顆啊？」戀人問他。

「本來想和朋友一起來，剛才發現他們已經離開花蓮了。」少年有些落寞地回答。營火橘紅色的光線照耀他，讓他的臉龐浮現溫暖的色澤。我這才清楚地看見少年的五官，明顯不是小孩，但臉上還留有稚氣的痕跡，大概還是高中生。「你們從哪裡來？」少年問我們。我報出民宿的名字，少年點點頭說：「噢，大叔，」原來他認識民宿老闆，但他接著說：「我是問你們從哪裡來花蓮的？」

「台北。」我回答。

「我明天以後也要去台北念書了。」他停頓了一下，朝著火堆又丟了幾根樹枝，「才來這邊看星星。」

「你們這裡星星很多，台北基本上是一顆也看不見的。」戀人說。

「一顆也沒有嗎？」

「一顆也沒有。」戀人斬釘截鐵地重複。

「如果天氣好的話，有時候還是看得到幾顆，而且台北周圍有些可以看星星的山。」我試著緩頰，總覺得少年如果在這樣離愁滿滿的時刻，還要面對這樣的打擊未免也太可憐了。

但少年接著說：「你們真可憐。」啊，沒想到反而被同情了。

在瞎聊一些無聊的校園生活話題後，我們沉默了好一陣子，因為有海浪聲襯底，所以就算不說話，好像也不會特別尷尬。我看著跳舞般晃動的營火，以及在那之下，看起來可憐兮兮的地瓜，眼睛被火焰的熱度熏得有些燙，我將視線轉向星空，試圖稍作休息，看著那美景，我的眼角閃過一道亮光，是流星嗎？我無法確定那是不是我眼花，如果那是真的，那便是我這個都市長大的小孩看到的第一個流星。想到這裡，就真的覺得自己如同少年所說的很可憐。少年看看時機差不多了，便用樹枝將地瓜從烈焰中救出，抓了一片新的鋁箔紙做保護，用指尖小心翼翼地解放地瓜，他將地瓜撥開，觀察裡面的狀態，得意洋洋地遞給我們看，「完美。」他說。

我們配著浪聲與星光，享用甜美的地瓜，我感到心滿意足。戀人隨手將身邊的漂流木一根根丟進火焰中，被少年制止，他說：「讓營火慢慢熄掉吧，比較好看流星雨。」

「流星雨？」我和戀人疑惑地看著他。

他說：「今晚有流星雨啊，我以為你們是為了這個才來的。」聽到這個消息，我和戀人對看了一眼，興奮地朝天上看去，果然等不到幾分鐘，就看到一顆流星飛過，我們驚喜地大叫。少年聽到我們的叫聲，哈哈笑了起來，我們的樣子在他眼裡想必很滑稽吧。「你們該不會這輩子沒看過流星吧？」

「五顆以內。」戀人說。我則是搖頭。

少年驚訝地張大嘴巴，「那你們今晚好好看吧，會有很多喔。」他為了讓我們能夠安心地欣賞流星，用腳邊的沙，把火焰給撲滅了，未完全熄滅的木頭悶悶燒著，顏色極為純粹，像是紅寶石。

我們各自找了一塊平坦的石頭躺了下來，深黯的夜空，每隔一陣子就有流星閃現，拖著尾巴經過。少年為我們介紹天空裡的星座，他伸長手指在空中為星星連線，毫無慧根的我們，看著他所指引的方向，只看見一堆彼此不相干的光點，一直反覆問道：「在哪裡啊？在哪裡？」他到後來甚至有些惱火，開玩笑地罵我們笨。

我看著流星飛過，喃喃自語：「該許什麼願望呢？」關於我愁雲慘霧的未來？與戀人的曖昧關係？這些都太過自我了，或許我該更大愛一點，許一些世界和平，無有戰事，足以幫助到全人類的願望？我躊躇著心裡的想法。

少年聽見我的話說：「你要先想好，不然絕對來不及的，」他坐起身，「我小時候和我爸來看流星，還帶著一張紙，上面貪心地寫滿一堆願望，都是一些小孩想要的東西，像是有特殊機關的鉛筆盒，因為太怕來不及，只要看到流星來就亂槍打鳥，連續念出一堆願望，還被我爸嘲笑說是饒舌歌手。」

「結果呢？有實現嗎？」我問他。

「我不記得了，不過也很難印證吧，如果你許的願望是原本就有可能發生的事，當實現了，你也不能確定到底是不是流星的關係。」

「你們難道不會害怕願望實現了卻跟原本預期的不相同嗎？我們又不知道流星聽到這些願望的時候想的是什麼，比如說，你許願希望可以不要考試，結果世界毀滅了，大家死光，你就不用考試了。」戀人說完，我們陷入沉默。

他真是不簡單，又一次將浪漫情境毀滅，但他說得沒錯，我們無法判斷機運是如何運作的，再好的心願都有可能蝴蝶效應，層層疊疊導致不好的結果。我也聽過另一說，說世界上的運氣是正負平衡的，當我遇見好事的時候，就代表地球某處有個人正遭逢厄運，幸運得先離開某人，才來向我敲門的。如此想來，許願怎麼樣都不可能是完全的好事，美夢成真可能同時背負著某種罪惡。

但我還是好想知道，如果無視這些後果，我的戀人，心裡面所許的願望會是什麼呢？那願望與我相關嗎？若今晚我只能許一個願望，那絕對是屬於你的。我看著戀人的側臉，心裡面這麼想。

「來不及許願，願望不會實現，這才是觀看流星的正確方式。」不知道在向誰宣告，戀人做出了這樣的結論。

我們沒有說話，在原處躺了好一陣子。那一晚我看了我此生所見過最多顆的流星，但我一個願望都沒有許。

那少年看看手錶，發現已過午夜一段時間，便站起身來拍拍褲子，說：「我要回去了，明天早上的火車，你們注意安全。」轉身走了幾步路，又回過頭來說，「如果我在台北有找到適合看星星的地方，再跟你們說。」

「好。」我回答他，他微笑著走掉。在他消失在黑暗的海邊以後，我才想起我們根本沒有交換聯絡方式，我甚至連他的名字都不知道。

辨別夢境的轉捩點就在此時此刻，在那多年以來不斷造訪我的限制級夢境中，我和戀人在少年走後，用盡力氣在海邊的石頭上、在浪聲中、在星空下，留下愛的痕跡。即便當時根本沒有任何這樣的色彩，那個夜晚不知何故，成為了我非常核心的性慾來源，每次作夢總有不同版本的美妙細節，礙於有些情節過於害羞，我無法與任何人分享。

那現實中發生什麼事了呢？在現實中，我轉身想去親吻戀人，卻在摟住他後頸時，發現他的體溫異常地高，原來他被風吹得著涼，在不知不覺間發起了高燒。我們立刻離開海邊，飆回市區，騎車時，他一面顫抖，一面在我身後陷入昏睡，安全帽不斷撞上前座的我，發出叩叩聲。在那樣的深夜，當地的藥房當然都已打烊，我逼不得已，硬著頭皮去敲民宿主人的房門，他帶著起床氣，睡眼惺忪地找出了治療感冒的成藥給我們，我讓戀人吃下後，便回到房間休息。

清晨醒來，身邊不見戀人，我從床上起來尋找，最終看見他在廁所裡虛弱地趴在馬桶上嘔吐。他沒有打開廁所的燈，在微弱的晨光中，他抬頭皺著眉看我，我看見他的額頭都是汗，從他的瞳孔裡，不知為何，我看見某種類似厭惡的情緒。那一刻，我突然有種戀情結束的預感。

果不其然在我們回到台北以後，便漸漸開始疏遠，找不到有任何打給對方的理由，而後我發現他早已與其他人約會，也就識相地不再跟他聯絡，這段關係如同最初所預期的一般無疾而終。我當時如此喜歡他，但分手所造成的痛苦並沒有持續很久，事後回想，我總懷疑戀人是否早已計畫要離開我，因此總蓄意地去破壞那些浪漫的時機，缺乏值得留戀的場景，兩人便能夠分開得容易一點，當然這只是我的陰謀論，我再也沒有機會和他求證，也沒有其必要了。

距離這件事這麼久以後，我站在洗手台前，如此完整地在腦海中將那次旅程重新經歷。或許是因為手握著自己的內褲，在我的腦海中，夢遺和流星的形象竟漸漸融合在一起，兩者共享一個如此悲哀的意義：它們都是實現不了的願望，它們都是夢遺落下的痕跡。

# 第五次約會的下午

## 1

週六早上十一點半，我終於甘願從床上爬起，去浴室沖澡，試圖沖掉身上累贅的疲倦，但毫無任何幫助。我到餐桌旁將小雨留下的耳掛式咖啡拿來第二沖，才發現冰箱裡沒了牛奶，我怕苦味，考慮要把這杯黑漆漆的液體倒掉或是喝掉，最終還是憋著氣喝了。清醒了一點，我才將手機拿去充電，過了數分鐘，螢幕亮起，看見他昨夜留下的二十七通未接來電，那數字傳達巨大的迫切感。我怕他又想死，傳訊息給他，「抱歉，昨晚靠著枕頭就不小心睡著了。」

過沒多久，他就打電話過來。

「你不能這樣。」他劈頭便說，聽起來又慌又急。

「怎樣？」

「這樣很過分。」

「你是說不小心睡著？」

「我是說在我傳照片給你後睡著。」

這的確是滿失禮的，於是我誠懇地說：「上這麼久的班，我真的累過頭了，抱歉。」這是我所擅長的事，我在道謝或道歉的時候，總是能讓對方感受到我的誠意，這是為什麼我適合做服務業。

果然他語氣軟了下來，深呼吸然後說：「我整夜沒睡你知道嗎？」

「我猜到了，對不起。」他最後一通打電話來的時間顯示為早上七點零四分。

「你今天要上班嗎？」

「不用。」

「晚點見面好嗎？」他問我。

「我頭有點痛，不想出門。」

「如果你真的感到抱歉，就出來見我。」

我不知該回覆什麼，只好答應，肚子剛好也餓了，必須去吃早餐。於是我跟他說，語氣帶點撒嬌，「那去吃早午餐？」

「好，一個小時後開車去載你好嗎？」

我說好，他是我所遇過最快原諒我的人。

我在家樓下等他，悶熱的空氣將我蒸出汗來，不久，我看見他的車從遠方開來，緩緩靠向路邊。我將車門打開坐了進去，他冷氣開得很強，吹到風，我竟然打了冷顫，原本還覺得熱呢。他伸手摸了我脖子後方，他健身得勤，連手掌都是厚的，觸感像是被棉花塞得緊繃的枕頭，我轉頭看向他的臉，穿著無印良品皺皺的白襯衫，充滿疲態，眼睛裡有些血絲，但看起來狀態很好，我於是安心了一些。

「餓嗎？」他問我。

「嗯，只喝了咖啡，肚子叫個不停。」

「不要空腹喝咖啡，對身體不好。」他一臉愛惜地對我說，「姊姊不在家？」

「不在，跟他男友——未婚夫約會去了。」

「你想吃什麼？」

「都好，我不挑食。」

「好，去我常去的。」

他將手從我的脖子上移開，握住方向盤，車子向前開去。剛剛手放著的那塊皮膚，失去了他的體溫，感覺有些寂寞。

這其實只是我們第五次見面、我第三次坐他的車。他開車技術很好。有些人擅長開車是技術性的，你感覺那是由經驗累積而成的技能，但車子操控在他手裡，卻像是他身體一部分，彷彿他可以像使用自己的肌肉那樣，控制輪胎移動的方向。他說他一直喜歡開車，二十一歲那年用高職以來打工的積蓄，加上從爸媽那借來的錢硬是買了台二手車，之後就天天開了。「買完車，我存款只剩下不到一千元喔，簽約的時候手都在抖，又高興，又害怕，怕過幾天沒飯吃就餓死了。」他講出這些話的時候，聲音也微微顫抖，彷彿回到當時的現場。

「交車那天，我立刻去載我幾個朋友出去兜風，後來又一一送他們回家，我好滿足，但你知道接下來發生什麼事嗎？我在汽車後座發現了一個信封，他們知道我沒錢了，四個人湊了一萬元給我，不是什麼大數目，但真是救命錢，我開車回家的路上，哭個不停。」

有朋友真好。他這麼說。

他與我不同，是很早就從家裡獨立的那種人，因此特別重視朋友。他爸借錢給他買車的時候，甚至立了借據。父母在他小時候就說明白，小孩高中畢業以後，他們只提供大學學費，此外所有生活開銷都該自己負擔，他兩個哥哥都是如此。然而他不是讀書的料，不像他們在高中後升上大學，於是獨立得更早，十八歲那年就自己生活了。

如今還住在爸媽的房子裡的我，很難想像真有父母可以做到這麼絕，十八歲的時候我在幹什麼呢？和朋友窩在KTV包廂裡歡唱，沒有任何收入，一個晚上就花掉一千多塊吃飯喝酒玩樂。

或許是因為兩個哥哥也都這麼過來的，他對父母的選擇並無任何怨懟。這很正常，他說，有些父母盡其所能地對小孩好，有些父母，如他的父母，只把養育小孩當成一件工作，完成了以後就不歸他們管。被迫獨立的好處是，跌跌撞撞了幾年，他現在的生活已經很穩定了，心情上感到踏實，不再需要為金錢時時煩惱。

這些都是我和他第一次見面時他告訴我的。那是在夜店，我在吧檯拿著酒喝，遠遠盯著他看，他外型好，又會跳舞，在人群中搖擺很顯眼，看久也不膩。但我有點看得過分了，終於被他發現我的視線，他從舞池走來向我搭話，「不跳舞了嗎？」我問他。

「不跳了，被你這樣看著我很尷尬。」他笑著對我說。

然後他請了我一杯酒，我們兩人喝完酒以後，各自拋下朋友離開夜店，走了一小段路，到附近的小公園散步說話。他大我幾歲，剛過三十，有自己的事業，因此整個人氣氛與我完全不同，已是個實實在在的成年人，不像我還有青春期遺留下來，卡在青少年和大人間的尷尬奶臭味，搖滾樂團發明了一個詞，稱這種狀態為「後青春期」，但我覺得無論給它安上什麼名字，都無法改善那種拒絕長大的羞恥感。

偶爾經過路燈時，在光的照射下，會看見他眼角剛萌發的細紋，那是開始老化的跡象，但我挺喜歡的，覺得很美，想伸手去撫摸。

他問我為什麼在舞池邊一直看著他。我不想回答，他把那當成是害羞的表現，說我很可愛。張開手摟住我肩膀，將我靠近他的身體，手指輕輕摩挲我的耳垂，他很擅長用這樣的肢體語言表現他的好感。

以第一次見面的人來說，他非常樂於分享，很友善的人，有點太過友善了。時間久一點，我發現他話講個不停，一個話題接著一個話題，不斷聊著自己的事，那與其說是聊天，不如說像是他單方面的傾吐。

傾吐，吐。我那時身體裡的酒精發作，暈眩地看著他的樣子，聯想到的就是嘔吐的畫面，他講著故事，像是要把自己從裡向外整個翻出來。

他的手勢揮舞，音量忽大忽小，自信滿滿，但與歇斯底里只有一線之隔。我想著，他若不是過分想表現自己，就是有什麼問題。我找不到機會插話，同時專心觀察他，沉默好一陣子，他終於回過神來，說：「抱歉，都是我在說，我喝酒就會這樣，話匣子被打開就關不上了。」然後他又將我摟去，變回那個穩定的大人，讓我的側臉貼著他的肩頭。

第二次見面只隔了一個禮拜，他邀我去看電影，看電影時他牽我手，我握著他那枕頭般的手掌，溫溫熱熱的。而那是他當天對我做的最溫柔的事。與初相見時相比，他完全變了一個人。那不是一部悲傷的電影，但他離開戲院後幾乎沒有開口說話，皺著眉頭，一臉愁容，整個人籠罩在黑色的氣息裡。我們往捷運站的方向走去，他拐進一旁的巷子，我跟在他後面走了進去。

在深夜的空巷裡，他想吻我，但我因為他當天反應實在太怪異，一時之間不知該不該接受，便將頭微微別過，他見了我的舉動，用力握住我的手腕將我轉過來，把我都捏痛了，我驚嚇地看著他。或許是感覺受到羞辱，他表情看起來很憤怒，但幾秒過去，那漸漸變成某種哀求，我於是湊上去吻了他，這是我僅存的善意。

但我在心裡對自己說，這人是有問題的。

果然第三次他就對我提及他想死的話題。

我在他家，他和我說他每隔一段時間，就會無法克制地想死。他會突然極端厭惡自己的生活，想要結束一切，想要拿支遙控器把眼前的畫面關掉。那段「發作的期間」——這是他自己使用的說法——他會不斷在腦中思量自殺的方式，有幾次都決定好了，卻因為想著這麼一走了之會給工作上的誰誰誰添麻煩、會讓誰誰誰難過，想想就覺得罷了。

「我很討厭自己的生活，但似乎相當愛護其他人的生活。」人情的牽絆最難放掉，他無奈地苦笑說。

他講那些話時，我環視他那租金兩萬多元的住處，像是 Ikea 展示間般的客廳，如此的房間放在店裡都會惹人羨慕，讓客人心中升起對生活的嚮往。然而他住在這房子裡卻還是萌生想死的念頭。

我想起父母買來庇護我和小雨的，那間兩房兩廳套房。出了門就是一排樹影，多貴的房子，多好的地段，我卻依然時時刻刻想著搬離。人的住所畢竟不是最令人想逃逸的，那僅是生活的一小部分，人生是一個巨大的密室，想要離開，死亡似乎是唯一手段。

我問他：「你現在是發作中嗎？」

「你若對我不好，就會發作。」我面無表情地看著他，他過一陣子笑了出來，說他是開玩笑的，但我並不覺得那完全是玩笑。

我建議他去看醫生，他微笑看著我沒回話，我為自己說的話感到非常羞愧。

那夜我們第一次睡在同張床上。他將手錶拆掉，放在床頭櫃上，接著俯在我身上，雙手撐在我的兩隻耳朵邊，他微笑盯著我的方式令我不自在，於是我轉頭望向他的手腕，原先被錶帶遮住的地方，露出了割腕的傷痕，細細一道，像是拉鍊，是他身體的開口，如果我將那縫隙拉開，他的靈魂會從裡頭洩漏出來。

他對我說了一個謊，卻又毫不設防地立刻露出馬腳：他不只是思量，他早已實踐過自殺。

第四次見面，我讓他開車載我回家，他堅持，而我沒有拒絕。他因而從此知道了我家的地址，至今我仍在想這是不是件正確的決定。

而今天是第五次見面。

把這件事和朋友說，他們都詫異為何我會持續與這樣的人約會，甚至還到了第五次。

我只感覺像我們這樣曾被歸類於異常，並對此經驗深深受創的人，都會對他人的異質性，有更大的理解與包容，所以他那偶爾顯露出的自殺傾向，並不真的困擾我。

而且必要時刻，我會毫不留情離開他，不給他傷害我的機會。

## 2

到了餐廳，一個戴著眼鏡，留著及肩長髮的男店員走來，看見他，一臉開心地問他幾位，他伸出兩根手指。店員看了我一眼，對我露出一個意味深長的微笑，接著便一面和他聊天，一面為我們兩個帶位。他指定要坐靠窗的位子，這大概真的是他常來的店，行走起來像是在自己家裡。拿到菜單他問我要吃什麼，我打了個呵欠說沒意見，他隨便幫我決定就好，他於是幫我點燻鮭魚沙拉，和一杯柳橙汁。

「你是好相處還是沒主見？怎麼對什麼事都這麼隨便？」他將菜單交給服務生，這樣問我。

「我是真的無所謂，我很不挑食。」

「沒有討厭的食物是一回事，總有特別喜歡的吧。」

「也還好，只要好吃就好。」

他拿我沒辦法，搖搖頭。然後拿了桌旁的兩個塑膠杯，倒了水，他服侍我成如此，使我在他面前真像是一個廢人。

「今天早上對你發脾氣，真抱歉。」他喝了一口水，然後說。

「可我沒有覺得你在發脾氣啊。」

「但我口氣很差。」

我聳聳肩說，「沒關係，我能理解。」

他握住我撐在桌上的手，真摯地看著我說，「我真的很喜歡你，你知道嗎？」

我點點頭，過了幾秒，他沒有要放開的意思，我作勢要喝水，將手從他的掌心間抽了出來。帶有檸檬味的水，經過喉頭到了胃裡，緩解了一點飢餓感。我往後靠去，合成的皮椅發出噁心的摩擦聲。

「你怕我把那些照片給其他人看嗎？」

「我覺得你不會。」

「我以為那是你生氣的原因。」

「不是，我很相信你。」

昨天過了午夜，我從那間小咖啡廳下班，走出店內打開手機，看見他名字旁閃著綠燈，掛在線上還沒睡。我看著他用來當作頭像的衝浪照片，他將防寒衣脫下一半，露出上半身的裸體，拿著衝浪板站在沙灘上，胸部因陽光的照射，像山稜一般有了陰影。一股強烈的慾望從空中降臨到我身上，使我精神抖擻。我傳了訊息給他，要他傳給我他露著下身的裸照。我在路邊等了他五分鐘，他沒有立刻回應我，但我知道他會回。我牽了一台單車，用最快的速度騎回家。

或許是因為這短短十五分鐘的劇烈運動，等到家時，那原本令我振奮的性慾已然消退，取而代之的是毫不留情的疲憊感，一股強烈的睡意襲來。我拿起手機，果然閃現通知數則，其中幾張是照片。點了開來，搭配著調情的鹹濕話語，我看見他側身站在鏡子前，將肌肉用力繃出明顯的線條，整個人肉感十足，腰下像支箭頭，往天堂的方向指去。

我問他是現在拍的嗎？他回答，當然。

真糟糕，要是他拿舊照敷衍我也就罷了，偏偏他為我開啟了慾望的門，而我早已離開房間。我不忍打斷他那樣的狀態，坐電梯上樓後，癱倒在床上，我運用僅存的想像力，試圖用文字假裝高潮。然而我竟然就這樣睡著了。

「我這輩子都不會拍那樣的照片給別人的。」我向著對面的他說，他撕開一包糖，加在拿鐵裡，原來他和我一樣怕苦。

「那你還要我傳？」他笑了，覺得我說的話很沒道理。

「我又沒有逼你，你情我願嘛。」我嘻笑著臉，耍賴說。「我們一天到晚在網路上看見別人，非自願被洩露、流傳出來的裸照，你怎麼知道你不會是下一個？」

「早就在上面了。」

「什麼？」

「我的照片早就在上面了。」他一臉淡漠地說，我愣在那裡，一時之間不知道該回答什麼，他的手指摸著自己的錶帶，他看我沒回話，接著笑問說，「怎麼了，你看過嗎？」

店員在此時笑咪咪地端著托盤走向我們，我們於是暫時停止了對話。店員將裝著沙拉的大木碗放在我的面前，粉紅色的燻鮭魚肉片散落在綠色蔬菜之中，讓我聯想到網路上那些裸露的皮膚。「我不知道這麼大份。」

「很划算吧。」他接過裝著三明治的盤子，對店員說謝謝。店員離開後，他拿起其中一塊，又問我，「所以呢？你看過嗎？」

「沒有，我沒看過。」

「那就好。」

「有沒有看過有什麼差別嗎？」我叉起一顆番茄，放進他的盤子裡。我不喜歡番茄。

「如果你在認識我之前就看過了，我會在你面前感到自卑。」

「為什麼？」

「我總感覺你會因此輕視我。」

我沒有回應他的想法，接著問，「你知道是誰將照片傳上網路的嗎？」

「我知道，我不會傳相同的照片給兩個人。」

「是為了預防這種狀況？」

「不，只因為我不會傳以前拍的照片，我每次都是當下拍的。」他大口大口嚼著口中的食物，像是一隻大型犬。「我覺得這樣才有意義，兩人在相同的時間有著相同的慾望，這些裸體才有意義，不然這種照片你去網路上搜尋不是一堆嗎？」

店員又走過來補上我的柳橙汁，我們再度停止談話，但我總感覺他聽見了內容，表情帶著一點興奮，那種窺探了祕密的興奮。這沒什麼大不了，但那店員瞄了他一眼，我突然有種感覺，這店員大概是暗戀著他的，這也是為什麼，他喜歡來這間店，他喜歡那店員看到他時欣喜的表情。

店員對著我說，「可以續杯一次。」我點點頭，他轉身離開。

「你做這些事的時候都在想有沒有意義啊？」我接續他剛才講的話這麼問。

「你知道我的意思，不要玩這種文字遊戲。」我只是想耍耍嘴皮子，但他皺著眉頭，對我嚴厲地說。「這也是為什麼昨晚你後來不回我，我會這麼激動。」

「為什麼？」

「慾望交給別人，卻沒被接受，這種感覺很寂寞。」

我委屈地說，「我真的不是故意的。」又吃了幾口蔬菜，過了一下才鼓起勇氣問他。「你氣不氣，那個把照片傳上去的人？」

「不氣，我覺得他很沒道德，但我沒有生氣的感覺。我傳訊息給他，他就把照片給撤了，但我過了兩個禮拜才發現，你也知道網路這種東西，兩個禮拜就等於無法挽回了，我的照片大概已經在好幾人的電腦硬碟裡了。」

「要我大概會將那人給殺了。」

「我根本不知道他是誰，我傳了照片給他，他就不回我訊息了。」

「報警呢？」

他冷笑一聲，反問我。「要是你，你會報警嗎？」

他的態度讓我覺得自己像個白痴，我有點生氣，知道他就算表現再淡然，對這件事還是有情緒的，他把煩躁和憤怒無意間發洩在我身上，我脫口而出說，「你對這種大事這麼冷靜，真不懂你怎麼會一天到晚想死。」

我話一出口就立刻想收回，下意識地用手掩蓋著自己的嘴唇，將頭別過去，迴避他的眼神。他有點不可置信地看著我說，「你把原因和結果搞反了，我就是想死過，才什麼都不在乎。」

「對不起。」我說，他好像想講什麼話，發出了第一個聲音，我立刻打斷他，更用力地說，「對不起。」

他將我的手牽起，看著我微笑說，「沒關係，沒關係。」他為了回應我的道歉，說了兩次。他的手心依然發燙著，這次我沒有將手抽出來。

## 3

用完餐，我們回到車上，他載著我在城市裡面亂繞。「這是在做什麼？」我問他。

「我還不想和你分開，但不知道要去哪裡。」

我想了想，接著說，「去海邊吧，不然這樣開車也不太環保。」

他笑了起來，「好啊，就去海邊，但不環保是什麼意思？」

「不環保就是浪費，這樣挺浪費的啊。」

「浪費時間還是浪費汽油？」

「都浪費。」我說。

他將車轉了個大彎，往海邊開去，於我而言，生活在這座島上最美好的一點，就是隨時都能抵達任何一個海灘。他在車上放了他喜歡的樂團的歌，我們兩個都沒有說話，搭配著音樂，使我們像是置身在一部公路電影之中。他輕輕地跟著音樂哼著歌，偶爾遇到紅燈，就握著我的手，這或許是生活可以擁有的某種美好樣子。

他停妥車，我們沿著階梯，慢慢地往海的方向走去，他走在我前面，我跟隨著他，接近海的時候，他將鞋襪脫了下來，我也照著做。他將自己的長褲捲起，露出修長的小腿，往海裡走去，海水碰觸到他的腳趾，淹過他的腳掌，親吻他的腳踝。有那麼一瞬間，我覺得他會一路這麼走下去，他的背影看起來就像要赴死。

但海水大約淹到膝蓋時，他就停了下來。我也踏入水中，走到他身邊，海水的沁涼令我顫抖，腳踩著沙，每當海水向後退去時，我感覺我的一部分也跟著被帶走。

他彎下腰想將手伸進海裡，「手錶。」我提醒他。他於是將手錶摘掉，露出了底下的疤。他將錶放進口袋裡，再次伸手入海。他捧起一些水，高舉到胸前，再將它們放掉。

「晚點要跟我二哥和他老婆吃飯，載你回家嗎？還是你要去別的地方？」他將濕淋淋的手隨意擦在工作褲上，轉過頭來對我說。

「回家就好。」

「姪子今年要上小學了，他們兩個在考慮要不要生第二個。」

「怕獨生子太寂寞嗎？如果是，就勸他們不要生，我跟我姊兩個人，我也沒有比較不寂寞。」

他哈哈笑了幾聲說，「不是寂不寂寞的問題，他們怕兩個人如果有什麼三長兩短，小孩子會孤零零地一個人留在世界上。」

「這聽起來有道理一些。」

「我很愛我的姪子，很善良的小孩，上禮拜我去他們家，我嫂子笨手笨腳，把果汁灑在我身上，我去浴室沖洗的時候，姪子站在我旁邊看，我把手錶給拆了，他就看到了我手上的疤，他看著我問說：『你怎麼了？』」他一面說，一面摸著自己手腕處。

「結果你怎麼解釋？」

「我二哥他們緊張兮兮地看著我，大概也在想要怎麼解釋，我回答他說我之前受過傷，他伸手摸了我的疤痕，問『那還痛嗎？』我說不痛了，然後他就看著我說，『我不想要你痛。』」

「簡直像天使一樣。」這個故事令我大受感動。

「我感覺我這一生許多事都一下子被原諒和療癒了，有時候看著他，我會想要自己生一個。」

「跟誰生啊？」

「隨便，沒有我的基因也行。」他彎下腰，撿起一顆石頭，往前打了水漂，扁扁的石頭像是有生命一樣，在水面上彈跳了五、六下，沉到水中，留下一閃而逝的漂亮波紋。

「滿厲害的。」我也撿了一顆，拋了出去，但大概是角度不對，石頭反彈一次就「咚」一聲，無力地沉進海中。

「我可以教你。」

「我不想要學。」我賭氣地說，接著轉過身往岸上走去，他跟了上來。

我們兩人在海浪無法觸及的地方坐了下來，我抱著膝蓋，他盤腿坐在我身邊，一面將手錶重新戴上。

「我其實是很想有家庭，有小孩的，但我們這種人，很年輕的時候，大概就會自動放棄這樣的夢想。」他停頓了一下，遠方有兩個小孩子在堆沙，一對姊弟，講話很大聲，指手畫腳的，似乎是在吵架，我注意到他的目光放在他們身上，我也望向他們。「這幾年事情變化太快，我感覺很多原本不可能的事，又可以重新夢想了。」

「為什麼這麼想要有孩子？照顧起來應該有很多辛苦的地方吧。」

「其實是為了我自己，我需要有對象可以照顧，我需要被需要。有的時候，我在想像自己有小孩的時候，把他當成了我生活的解套，覺得有一個小孩，我就不會輕易有死的念頭，也有努力的目標，」他見我沒有回答，接著說，「這個心態是不是有點自私？」

「無所謂，你愛他、對他好就好。」我聳聳肩，「這世界上有那麼多的父母，以各種各樣的理由養育小孩，希望老了有人照顧、希望挽救婚姻、希望小孩完成自己的夢想，他們就很無私嗎？沒有什麼動機是特別正當的。」

「你深有所感嗎？」他問我，一邊摸了摸我的背。我沒有回答，他接著說，「如果有小孩，我會很愛他。」

「我相信。」

「我希望你是我的小孩。」

他湊過來深深吻了我的臉頰，鬍渣把我刺得癢癢的，接著說，「如果姊姊那邊不能住了，就來跟我住吧，你說過你喜歡那間房子。」

「你真的這麼喜歡我？」

「真的。」

或者你只是需要有對象可以照顧，需要被需要？若我決定離開你，或你不要我了，又該怎麼辦？這是緊接在後的問題，但我沒有問出口。

「你再想看看吧，我不想要給你壓力。」

「這才是我們第五次見面，你就要我跟你一起住。」

「我活到現在，對自己想要什麼東西已經很清楚了，只是……」他眼睛望向一對路過的情侶，像是想到了什麼，講話停了下來。

「只是什麼？」

「只是想要的東西通常得不到。」

他突然站起身來，跑向那對情侶和他們說話，海風太大了，我聽不清楚他們在說什麼，然後他將手機交給他們，慢慢走了回來，跟我說，「我請他們兩個為我們拍照。」接著坐回我身邊，搭上我的肩膀。

「我不喜歡拍照。」

「難得出來玩。」

「可是我真的不喜歡……」我話才說到一半，情侶就已經在倒數了，一、二、三，他們拍了一張，大概是我表情太過難看，他們看著我們，笑著比出食指，示意說再拍一張。我實在討厭拍照，但那對情侶表現得開朗如陽光，盛情難卻，我努力擠出笑容。

「一、二、三！」他們大聲喊著。

我感覺自己在笑，但並不是非常確定。我已經很久沒有好好笑過了。

## 4

到家，小雨已先早我一步回來，她半坐半臥地癱在沙發上看著雜誌。我看見她已經把妝都卸了，大概已經回家好一陣子，她推了一下眼鏡，掃了我一眼，又將視線移回雜誌上，「你去幹麼？」

「和朋友出去。」

「什麼朋友？又去跟陌生人約會嗎？」她用一種輕蔑的語氣說。

「干妳什麼事？」

「你有空在那閒晃，為什麼不花點時間找房子？」

「妳能約會我就不行嗎？」我冷冷地說，一面將球鞋脫掉，抖落了一點沙。

她被激怒了，坐起身來，「你不要用這種口氣對我說話。」

我瞪了她一眼，經過她身邊走進自己的房間，把門甩上。像叛逆期的青少年一樣，故意將音響放得震耳欲聾，我把背包丟在一旁，躺在床上，一開始非常想哭，但過了一陣子，反而覺得這一切真是太丟臉可笑了，我從來都不喜歡用這種方式聽音樂，我感覺在演一齣不適合自己的戲，於是我站起身來，將音樂關了。

在安靜的房間裡，我想著小雨的心情，二十多年前，她向爸媽要求一個妹妹時，有想過多年以後，那個她滿心期待的生命會令她頭疼，對她甩門嗎？

爸媽跟我講了許多遍這個故事，他們有盡其所能將資源都投注在小孩身上的共識，因此原本只想生一個。但小雨在上小學一年級時，不知道從哪裡得到這樣的資訊，回家對他們兩個發表了正式演說。爸媽多年來從不厭煩地重新建構那個場景，小雨要他們坐在客廳沙發上，而她自己背對著電視站著，手舞足蹈地說她很寂寞，她很需要一個妹妹陪她，而女生三十五歲以後，就會越來越難生小孩，就會變成高齡產婦（當年的小雨過於用力記住這個專有名詞，以至於她講出這四個字的時候咬牙切齒）。「媽媽你現在幾歲？」她這樣質問我媽，那年我媽三十六歲，於是小雨在客廳尖叫說，「我們快沒時間了！」

我聽完這件事，第一個想法便是：沒錯，這就是小雨和父母談判時最常使用的伎倆。曾經是獨生女的小雨，有過一段備受寵愛的時光，因此即使在我出生之後，向父母要求任何東西，對她來說都是理所當然的事。而她深知時間是最好的談判工具，如果她想一件新的洋裝，她會義正嚴詞地說，她現在正是青春的時候，爸媽現在不買給她，難道要等她老嗎；而當她想要買一支新的手機時，她說，如果在上市的第一時間不買，之後再買，又要出新的了，這支就會變得沒有價值。

我每次聽她與父母交涉，都是利用相同的戰術，她不用說服你她想要的東西有多好，她只需要告訴你現在不買會後悔、會吃虧。時間是最珍貴的，什麼也換不回時間，而我們快沒時間了。

我爸媽被那小雨的尖叫打動了，幾個月後就依著她的願望，懷上了第二胎，只可惜性別沒有如她所願。產檢結果出來我是男孩那天，小雨嘟著嘴說了一句，「我說想要妹妹的。」眼淚在眼睛裡打轉，爸媽一直安慰她，男生也很好，男生長大會保護她，男生長大會變成家裡的支柱。最後為了讓小雨徹底接納我，爸媽在為我取名時，放入了「風」這個字，將我們兩人的名字成為一組，難以分開。

長大後認識了字，我總困惑，什麼樣的父母會在小孩的名字裡，安上「風雨」兩字呢？但小雨聽見了名字，便漸漸冷靜下來，她接受了這個生命是與她有所關聯的，這就是命名的力量。

除了名字以外，父母給小雨所有關於我的承諾，都沒有實現。

我聽見有人在敲我房門，打開，是小雨，因為剛才的爭吵，她表情看起來有點尷尬，「你出來一下，我和你聊聊。」

我走了出去，我們坐在沙發L型排列的兩端，最遠的兩端。小雨開口問，「所以你找到住的地方了嗎？」

「還沒開始找，還有兩個月，現在開始太早了吧？」

「怎麼會早？又不一定會這麼順利，你可能還要找室友，還要搬家……」小雨話講一講停了下來，嘆一口氣，突然意識到我必須搬出去，多少是她造成的，「你不要到時候沒地方去。」

「妳既然沒有要幫忙的意思，就不要一天到晚急著趕我出去。」我說。

「你這態度我要怎麼幫你？」

小雨不耐煩地對我吼完，客廳陷入了安靜，電風扇左右搖擺，像是一個旁觀者在無奈嘆息，風將小雨的髮尾吹得漂浮起來。

「你不要再打工了，去找一份正職吧？」小雨聲音帶著一點哭腔，她大概為自己的情緒失控感到自責又委屈，她已經找我談了數次，是我自己耍著無賴，不願正面解決問題。

我沒有回答她，她接著繼續說，「你以後自己租房子要繳房租，要負擔生活，你現在賺的錢是不夠你用的，根本存不到錢。」我依然沒有回答，她停頓了一下，才說，「我知道你可能不想聽這些，沒關係，我還是要說，我不知道你現在有沒有要好的朋友，但如果你以後要組成家庭……」

「我不會有家庭。」我打斷她的話，篤定地看著她說，「因為面對你們讓我痛苦。」

小雨面無表情，看著我，眼裡的溫度都一下子被抽走了，她的樣子像是一尊蠟像，過了很久以後，她才眨了眨眼睛，變回一個活生生的人，「那你就快點找房子吧，我話就說到這邊。」

她站了起身，走到我身後的廚房，「你餓了嗎？我煮晚餐給你。」

打開冰箱，在門縫流出的寒氣中，她又說，「下週末有空嗎？我買適合的西裝給你吧？我婚禮時你可以穿的。」然後提供了幾個她覺得可以去的地方，語氣熱心地介紹那些品牌，說她之前與他未婚夫去過。

我一句話都沒有應，並且深深感覺小雨實在是一個相當惡毒的人。

她在羞辱我。

她知道她講再重再硬的話都無法打動我，因此她一瞬之間改變了策略，她決定用家人所能製造的溫情與好意，來讓我更加感受到在現實的處境裡，我是如何被棄絕。

我咬牙切齒，在小雨溫柔的語氣裡，感到自己一點一點地崩塌。早晨我們共用同一包咖啡，再更久以前，我們曾共用同一個子宮。我清楚感受到她現在對我的惡意，像黑色的咖啡液體，也同樣流淌在我的血液裡。

更令我感到自我厭惡的是，小雨那樣的惡意，竟然還是有愛在其中的。

大學時，爸媽先後退休，決定搬離台北，便把我們一家四口住了一輩子的家給賣了，我和小雨則搬進這間原本出租給別人的房子。住了幾年，小雨有了穩定的男友，濃情蜜意，小雨整天和他黏在一起，我眼看著就要他們結婚，兩人卻一直拖著。

當時我偶爾在心中暗笑小雨，說不定是她想結婚，而對方卻還沒決定要娶她。幾次甚至將此事包著尖刺藏進話語裡，有意無意地在言談中調侃小雨，然而經常劍拔弩張的她，聽到我那些惡質的玩笑，卻總是裝聾一般，毫無任何反應。

我那時困惑，為何小雨不發揮她談判的技巧，用時間當作籌碼，對他的男友做出同樣的宣示？我想像在家裡呼風喚雨，說話大聲的小雨，在感情中是碰壁的一方，想著想著，竟然自己一人笑了起來，笑出聲的那一刻，連我自己都為那毫無憐憫的笑聲，心驚膽顫。

很久以後我才知道，小雨和爸媽早已私下談好，當小雨結婚時，這棟房子會轉到她名下，條件是小雨和她未來的丈夫，必須將剩餘的房貸，協力繳完。

我才赫然理解，他們始終不結婚的原因，就是小雨顧慮我，她顧慮胸無大志、沒有什麼賺錢能力的我，沒了地方住，一下子必須面對現實的衝擊，會承受不了。所以她才拖延著，其實她老早就答應了男友的求婚，直到幾個月前才告訴我，他們已決定婚期。

小雨是在保護我。

時間，小雨這麼在乎時間，她卻犧牲自己的時間，來換取我的時間。

我聽到此事，一瞬間了解為何她男友每次來到這間房子，見到我，總是一臉看到髒東西似的表情。對他來說我的確是占據他未來住所的髒東西，雖然我一度以為他的態度純粹是針對我的性傾向，而用相同的表情狠狠瞪回去。

媽媽在電話裡和我說起這件事，我沒有提出任何抗議，她便說，「你不會覺得不公平吧？小雨會有家庭呀，難道你會結婚、生小孩？我們養你也養夠久了。」

我依稀記得十五歲以前我的人生是非常快樂的，我愛我的家人，我們也樂意時時刻刻見到彼此，是發生什麼事情之後才變成這樣的呢？是從我高中考砸、抽第一支菸，還是被爸媽翻出我與初戀男友的情書開始的？

褲子口袋震動了一下，我將手機拿出來，他傳來訊息。點開，是我和他在海邊的那張合照，他摟著我，一臉幸福，我則笑得尷尬，嘴角的肌肉努力將表情往上提，卻看起來一點也不開心。

緊鄰在合照之上的，就是他昨夜傳給我，卻沒得到適當回應的裸照。這兩張照片連結在一起，尷尬得令人不忍去看，卻讓我清楚意識到我是怎麼看待這段關係的。

那天在夜店，我遠遠望著他，並不因為他有多迷人，而是我老早就在網路上看過他赤身裸體的樣子，我盯著他不放，僅僅是在將腦海中對他相貌的印象，和他實際的樣子對應在一起。他從舞池裡回望我時，他看見的任何一點像是火花或是緣分、或是令他愛惜的羞赧的東西，都只是某種更糟的事物。

像是某種勃然的性慾，像是某種在最初就只將他當成性對象的輕蔑。

我並不愛他，連喜歡也稱不上，有一天他會發現這件事，他接著更會發現初次見面時我眼神裡的真相，然後他會感到被羞辱，然後傷害自己或傷害我。

我有這樣強烈的預感，甚至我已經可以看見這一切的發生。

聽著小雨烹飪的聲音，我在手機的鍵盤上打下這樣的問句：

「我可以去和你一起住嗎？」

# 煙火

我的母親懷我的時候，因為賀爾蒙改變的緣故，長高了三公分，她一直確信青春期後還能夠發育，是因為我將成長的能量傳遞給她，就像是她自己製造的生命，帶來了非她所該擁有的東西。或許那能量真的非常強，我自胚胎時期就是一個高個子，發育永遠都比正常的狀態要再快上一兩週，當我出生時，我的身高（但那時我還不會站立，所以或許應該叫作身長）甚至比一般嬰兒的平均值要多了十公分。

據我母親所說，除了身高以外，我各種行為發展也都比其他嬰兒要快上不少，當其他人的父母親都還在期待他們的孩子開口叫媽媽時，我已經模模糊糊地在學著電視上的人說話。在人還沒意識到自己會變老之前，成長的快速是好事，我的進度超前也都還在合理的範圍內，沒有人會懷疑我是否繼承了前世的記憶。大人就只是把我當成一個營養好且早慧的小孩子來看待，他們會摸摸我的臉，說這孩子看起來真聰明。所有在年幼時擁有一雙發光眼睛的小孩都會聽到這樣的讚美，他們從此得到成就感，更用力地去眨他們的眼睛，更頻繁地哭泣，以淚水來濕潤他們的眼球，最後卻因為過度使用而將眼睛弄得混濁了。

我擁有的並不只是一雙漂亮眼睛而已，我是真的早慧而聰明，因此我並不在乎是否被大人稱讚，我用我所習慣的方式看這個世界，累了就閉上眼睛作一場結構完整的夢。那保存了我眼睛的明亮，直到今日都還有人為之著迷。

我從來沒有比同年齡的孩子要來得矮小過，當時我們還住在青田街的房子裡，我在讀幼稚園。我的母親假日偶爾會帶我去附近的大公園，她不是真的帶我去玩耍，因為我並沒有在這過程中得到任何快樂，她所做的只是穿上最貴最新的衣服，牽著我的手散步。她會跟公園裡的太太聊天，慢慢將話題引導至我身上，然後請她們猜我幾歲。公布解答時，所有人當然都不相信我的年紀還沒老到她們所以為的那樣，我的母親會繼續接下去說我日常的小故事，那些故事背後真正的目的都是在透露我有多聰明。

我看到那些太太們的表情，她們會先看看我，再看看我母親，然後她們看向一個很遠的地方，年幼的我並不知道她們在想什麼。但我成長以後想起這件事，我總覺得我的母親如果不是一個家庭主婦，必會是一個很好的政客或是小說家，她知道如何去操縱那些奸巧的話術，將壞的事情拋棄，將好的保留下來，並且去蕪存菁，讓它變得比一般的好事更好。

我們家並沒有像我母親說的或是其他人想像的那樣幸福。事實上，我成長的過程中並沒有感受到多麼強烈的快樂，我並不清楚我父親的職業究竟是什麼，他的收入不會讓我們為了金錢煩惱，但也沒有辦法過得多奢侈，所以應該不是什麼壞事。我的母親熱愛帶我們去拍全家福沙龍照，但我們的感情並不像照片裡顯示的那樣親密，我父親是個相當冷靜，甚至可說是冷漠的人，我從小到大沒有聽過他對我或我母親說過愛，大部分時間我們家人都是各自在做各自的事。

虛榮的藝術就是將現有的事物膨脹出他不該有的價值。拿我母親的衣櫃為例，裡頭並沒有幾件那樣的高級衣服，但如果她每次與那些公園的主婦見面時都穿著那些衣服，她們便會完全高估我母親衣櫃的內容物。我母親做的所有事情都是同樣的邏輯，將成衣店的衣服塞進衣櫃裡，將名牌衣服在適當的時機穿在身上。

耳濡目染之下，我也繼承了我母親的興趣，我將那圓滑的技術發揮得更高明些，我的母親充其量只是在偶然假日的一個公園裡獲得虛榮感而已，而我卻是以此建構我整個人生。我上了小學，除了將作業寫得工整，學校裡的種種潛規定一下子就被我摸透了，我對師長極有禮貌，上課時也不吵不鬧。我變成了班上的模範生，時常被指派擔任幹部，同時間我也小心翼翼地維繫我和朋友間的關係，不讓他們覺得我是個驕傲的人。

五年級時，有一次體育課打躲避球，一顆球被擊出了場外，我追出去撿球，有一個男生為了攔截滾過的球跌倒了，趴在我的面前，我沒有將他扶起來，而是自然地跨過他的身體，繼續向前追球。當我將球撿回來時，他從地上爬起來，不知是因為疼痛還是憤怒，他臉紅得像是一個警示燈，他對我吼說，「你怎麼可以就這樣跨過我呢？你不知道跨過別人會讓他變矮嗎？你長得高就很了不起嗎？你真是一個沒有同情心的人！」我愣在原地，他問了我三個問題，我的答案都是不知道，那都是我從來沒有思考過的事，但是我想他所下的結論是對的，我或許真的是一個沒有同情心的人，因為看著他的樣子我竟然一點情緒也沒有。

那是我第一次發現，即便我和同學之間的關係維繫得再好，那都只是表面而已，我再怎麼努力，也沒有辦法消除他們心中對我真正的感覺。後來再長大一點，我才將這一切看得更清楚，我被他們貼上某種標籤，他們表面上和我是好朋友，但在心底更裡面的地方他們卻沒有將我看作是和他們一樣的人。我一開始對這件事感到氣餒，但後來又覺得慶幸，慶幸的就是那「表面」，無論心裡真正的想法是什麼，他們都維持了表面的和平，我也就不需要往更深處看去。

我的求學過程非常順利，我考上好高中、好大學的好科系，真的就是這麼簡單，可以一句話帶過。老實說，我根本搞不清楚我是怎麼辦到的，我只是沒有碰到什麼無法應付的困難，有的時候我覺得我並不真的了解書裡面的內容在說什麼，只是非常理解考卷的邏輯，知道什麼時候要填什麼答案才是對的。

父母親對我的表現非常滿意，他們對我所做的管教就是在更多的場合炫耀我的學業成績。我的身高在青春期以後和眾人的差距拉得更大了，我在十七歲以後就再也沒有見過比我高的人，這反而讓我有點困擾，我從此輕易地變成眾人的目光焦點。大家總是會說，真好真好，長這麼高、這麼會念書，好像身高跟會念書這兩件事有什麼連結似的。

然而我真的在意這些事嗎？不，我想我並不在意，我不需要朋友，我也不必從師長的讚賞中得到成就感，做一個好孩子的意義就只是「方便」而已，當我不小心做錯事情，大家會因為我犯錯的頻率很低而輕鬆地原諒我，有什麼好處要分配時，我也會成為優先名單。我想除我之外誰又有這麼強烈的榮譽感去追求這些事呢？大家不也都只是想要迴避掉麻煩，並且得到好處。

因為在課業沒有負擔，所以我有更多的時間去追求課堂以外的事物。雙腿之間細細的陰毛標示著青春期的到來，性慾在腦中像是孵化的小蟲那樣鑽動。我依然記得那種感覺，我的陰莖好像隨時都維持在完全興奮和有點興奮之間，沒有疲軟的狀態。在放學回家的路上，一個上班族女人將鑰匙插進門裡，就足以讓我編造出一整套潮濕的故事。

青春期剛開始時，大部分時間，我的手都在自己的褲子裡，到了後來，我的手就移到了女孩子的制服上衣和裙子。我換了一個又一個的女朋友，有了幾個失敗的經驗後，我摸索出什麼話能讓她們開心，以及什麼話能讓她們分手時不那麼不開心。

每個女孩子我都問她們一樣的問題：「為什麼妳會如此愛我呢？」她們默契十足地說出相同的答案：「因為你有一雙漂亮的眼睛，而且你非常高，你的身高讓我能在擁抱時，聽見你的心跳。」

我沒有聽過自己的心跳，所以我也不知道那聲音有什麼特別令人著迷的地方，不過有幾次，在結束做愛後，我會趴在女孩子溫軟的乳房上，試著聽聽看她們的心跳。然而我只覺得非常吵，人的心跳完全不是規律的，它會在吸氣的時候變快，吐氣的時候變慢，好像假日的早晨突然有誰用不整齊的節奏敲著門一樣令人煩躁。

大學畢業後，我不知道自己想做什麼，父母每個月也還在持續給我錢，沒有立即的經濟壓力，所以沒有馬上去找工作或繼續升學。我在學校附近租了一個房間，雖然不大，一個人住卻相當寬敞，而且還有小小的廚房，可以自己煮東西來吃。房租雖然不便宜，不過那從來不是我考慮的事情。

我獨自住在那小小的房間裡面，以幾乎每日相同的作息過著生活，讀書、運動，偶爾出門看看電影。我所需要做的只要在真正的「缺乏」到來之前，想好之後要幹麼就好了，沒有任何壓力，因為缺乏離我非常遙遠。

我過著這樣的生活差不多兩個月，有一天早上，我的門鈴突然響了。打開門，一個有著混血長相的女生站在那裡，講著英文，她說她廁所的水龍頭壞了，需要有人為她修理。

我一頭霧水地說：「妳怎麼會來找我呢？我看起來像是水電工嗎？」她說：「聽起來很荒謬，但是，你是這棟公寓裡身高最高的人，所以我想你是唯一會講英文的人。」

我們都笑了，聽起來很荒謬，但是，我的確是這棟公寓裡面唯一會講英文的人。我打電話給水電工，為她解決了她的問題。但處理完她的麻煩之後，她卻更頻繁地來到我的房間，她同我一樣鎮日無所事事，不是讀書就是看電影，她把這些行程搬進我的房間，總是輕輕巧巧地帶著一本書前來，我們兩個就各自在自己的角落裡面做自己的事，好像她是我養的貓。過了一陣子，她甚至搬進了我家。

我自小就是一個非常需要自己空間的人，連我自己都非常驚訝我竟然能夠容忍一個相識不久的人闖入我的房子，一邊想著這些事情，我一邊看著她，有時候她會猛地抬頭和我四目交接，我才發現她真的非常美，好像一張神話裡才會出現的臉。

她始終不告訴我她真正來自哪裡，只告訴我是歐洲的某個國家，猜測她的家鄉成為我們兩人之間相處的一個遊戲。她講著毫無破綻、沒有口音的英文，但當我問起英文是不是她的母語時，她卻說不是。我無法從她的口音判斷她的來處，長相也沒有任何線索可循，她看起來混合了不只兩種血統。如果在路上和她擦身而過，也許我會覺得她是一個輪廓很深的台灣女孩，但細細看她的眼睛，她的瞳孔顏色卻很淺，而當太陽照在她的頭髮上時，會顯現出美麗的褐色。

她的側臉很像我認識的一個原住民女孩，我是說，那形狀漂亮的眉毛，彷彿看著很遠的目標的眼神，但因為她的膚色非常白，像是那些住在下雪地方的人，所以最後我的選項又回到歐洲。

有一次她在我家，我們一起看日本電影，電影的氛圍像是空氣一樣飄著，有一幕女主角逆著光對著男主角笑了起來，她的臉隱隱約約在電視螢幕上形成了倒影，和女主角的臉疊在一起，兩人非常神似。我於是問她妳有日本血統嗎？她看著我說，也許有吧我也不確定。到電影結局的時候，男女主角接吻，我們兩人的嘴唇也碰在一起了，是她主動的。

就在那一刻起，我決定投降了，她無論是從哪個地方來的都不重要，因為她現在就在這裡，我能夠用雙手擁抱著她、吻她。

那個我拿來問其他女孩的問題我並沒有拿來問她，因為她從來沒有對我說過愛我，我也不奢求什麼，畢竟我也沒有對哪個女孩說過我愛她。我們在我房間的雙人床上做愛，我們腹部向著腹部，她緊緊抓著我的背。每次我在她身上時，她總會露出一個非常疑惑的表情，看起來像是迷路，或是在思考，思考著她現在身體感受到的是什麼。結束以後，她會像其他女孩一樣，趴在我的身上，聽著我那據說令人著迷的心跳聲。

下午的陽光從房間的窗戶打進來，照在她的身上，一半被她的背擋住，一半照射進我的眼睛裡，好像她的身體是一座山，而我正越過山看著夕陽。

在那張像是艘船的床上，我問她，為什麼她會來到這個城市呢？令我意外地，這次她給了我回答，她想了想然後說，「我家是世代相傳的煙火匠，我們從非常久遠以前就開始製造煙火，而我現在在做一場巡禮，我要看遍世界上所有的煙火才准回家去。聽說這個城市有世界上最高的大樓，放著世界最高的煙火，於是我來到這裡。」

一個人謊話說多了，就能輕易地辨識出別人的謊言，我這輩子都在說著言不由衷的事情，這麼拙劣的故事我怎麼能不看出來呢？她絕對是在鬼扯，我不必看她的眼睛我就知道了，我相信她也知道我看得出她在說謊，但她一副不在乎的樣子，我也並沒有戳破她。

她反過來問我，「你這麼年輕，為什麼每日每夜窩在一個小房間裡獨自生活呢？」我回答她說：「就是因為年輕才會獨自生活啊，年輕的人類總是孤獨的，妳難道不懂嗎？我們年輕的時候感受著孤獨，到將老的時候才著急著找伴。」她點點頭，表示贊同。

她說：「我不知道怎麼開口，但新的一年到來時，你可以帶我去看這城市著名的煙火嗎？」我說，這是當然的，而且這個請求有什麼困難嗎？為什麼妳不知道怎麼開口呢？這會比起妳說我愛你更加困難嗎？

她回答我說，在她那裡，請對方帶她去看煙火就是我愛你的意思。

然後我們又做了一次。

隔幾日，我獨自一人去東區看電影。電影院裡，有一個男人隔著幾排座位，時不時地回頭朝我這邊看，電影開始演之後他也並未停止，我完全無心看電影，心裡默默數著他隔幾秒會回頭一次，因為不斷地讀秒，我竟然計算出了電影的主角從出場到死亡花了五千八百九十二秒，我自己都覺得非常不可思議，有一個人出現在我的生命中五千八百九十二秒便死亡了，原來電影就是看著眾人不斷在我們眼前快速地死去。

電影結束，那男人走向我，盯著我的臉不說話，我看著他的五官，這才想起來他是在五年級時為了撿躲避球跌倒的那個男孩，我費盡力氣才想起他叫什麼名字，然後我呼喚他。「你竟然還記得我啊，我以為畢業之後我就會消失在你記憶裡了呢。」他雖然帶著笑意這樣說，但我卻覺得那話語裡面有某種埋怨，我不知道該怎麼應對，除了那次事件以外我想不起來我有在其他時候對不起他，我只能試圖忽視他所說的話，笑著無意義地慰問。

過了十幾年，他和我一樣都長大了，他的五官還是隱藏著怒氣，和當年的小學生比起來，他並沒有長高多少。我因此在內心突然非常害怕，十一歲時我跨過他的身體是否真的觸動了什麼可怕的禁忌，從此奪去了他成長的能量。

我們尷尬地聊天，他一直機械式地在話語中重複說著「喝一杯吧、喝一杯」，我很想隨便編一個理由說我有事，然後離開，但不知道為什麼，也許是出於讓他無法長高的愧疚，我竟然答應了，於是我只好獨自一人去赴這個尷尬的約。喝了酒以後他說：「我高中的時候有一次在捷運上看見你，叫了你兩聲，你戴著耳機沒聽見，於是我便一個人走掉了，你知道那時候我看見你第一個想法是什麼嗎？」我搖搖頭，然後他接著說：「我想的是，果然你長大以後還是這麼高啊，有些事情大概一出生就註定好了吧。」

我不知所措地回答他說：「也許是遺傳吧，但也不可能原本是高個子卻突然變矮啊。」他回答我說，如果你突然之間失去了站立的能力，那你就極有可能突然變矮。我不明白他的意思，他沉默了下來喝了幾口酒，眼神看向很遠的地方，就像是我年幼時在公園裡看見的那些母親的表情。我因此有機會細細端詳他的臉，我發現我原本以為的憤怒其實並不是憤怒，而是疲憊，他的表情看起來像是對世界的一切都感到疲累似的。這座城市裡面，不分年齡，有許許多多的人都是相同的表情。

等他更醉一點，他告訴我說，他的父親在他高中的時候出了一場車禍，下半身失去了功能，從此只能在輪椅上面行動。因為他家原本的經濟狀況便不是很好，他僅能放棄念大學，出社會找工作。「我說的就是這個意思，雖然看我好像不太能相信，但一直以來我的父親高大且強壯，當他坐上輪椅的那一刻，在我的眼裡，他突然變得好小好小，你明白我在說什麼嗎？好像是你整個宇宙突然變成一顆星星那樣小。」

他接著告訴我他人生遭遇的種種困難，我想這時候我應該也要講一些我生命中的難關來讓他感到好過一點，但我卻無言以對，只能表現出真摯的眼神聽著他講話。我突然之間失去了說謊的能力，我一直以來所建構的都是令人羨慕的、帶著某種優越的人生，我因此無法說出任何帶有悲劇色彩的謊言。

我一直在等待著匱乏來臨才去面對人生，但我不知道的是，原來匱乏早就已經到來了，我回想我的過去，絲毫沒有任何一點值得回憶的經驗，那一切都是這麼輕易、手到擒來，我不需要去珍惜也不需要努力去追求，那讓我感覺到像是一具空殼，風從我身體的孔洞吹進去，令我的裡面感到非常冷。

我到底缺乏的是什麼呢？我想我缺乏的是「缺乏」本身。

他問我說，「你現在在做什麼呢？」我無法告訴他我鎮日就在房間內過著舒適的生活，我想了很久，於是告訴他我現在失業。他接著問，「那你倚靠什麼生活呢？」我沒有說話，但我在心裡默默地回答，我靠著從天而降的一切幸運。

我看著他離開酒吧，他不協調地嘗試挺胸走路，步入這個城市剛醒的夜裡。他矮小的背影好像背負了某個非常重的東西，好像整個城市開啟的燈火都壓在他背上那樣，讓他變得極黑極深，好像再走幾步就要縮小變成一個點。

回到家以後，我看見異國來的女孩在我的床上睡著了，我將外套卸下，然後坐到床上，她聽到我的聲音醒了過來，看著我的眼睛什麼都沒有說。我將手掌放在她的額頭上，她伸手握住我的手腕，親吻我的手心。我鑽進床裡抱著她。我對她說，「我好像什麼都沒有。」她回答我說：「你有你的房間。」

「我常常感到我在摩天輪的頂端卻不快樂。」

「沒有人在摩天輪的頂端會快樂的，因為那代表你要開始往下了。」

「你說得沒錯。」

我所住的城市非常多雨，那天夜裡在我們睡著後也下起了雨。在雨聲中，我作了一個夢。

夢裡，我和我的父親母親又回到那家為我們拍攝全家福沙龍照的攝影社，我們三人穿著正式的衣服，在攝影師的指示下就定位，然後對著鏡頭微笑。就要按下快門之前，那攝影師突然指著我的母親說，小姐不好意思妳的臉上有一滴水。我母親轉過頭看著我說你可以幫我擦掉嗎？我伸手往我母親的臉上抹去，卻發現我把她的妝給抹花了，於是我又用手指去搓揉試圖彌補，我母親被我越抹越淡，最後整張臉消失。小小的攝影棚在這時突然下起了雨，於是我們三人就在那大雨的沖洗下面漸漸變淡、消失。我的父親像是什麼也沒察覺那樣看著鏡頭沒有說話，而我望向鏡頭，原來相機的後面根本沒有什麼攝影師，我們已經活在相簿裡了。

夢醒的時候雨還沒有停，女孩緊緊裹著棉被躺在我身邊，我感到氣溫突然降低，這個城市的冬天，伴隨著一場雨前來了。

我始終記得我和她的諾言。冬天走到最冰冷的時候，新的一年也踏著步伐走向我們。在十二月的最後一天，與她在家裡吃完晚餐後，我載著她到離家最近的一處山坡準備看煙火。身邊都是和我們一樣等待著煙火的情侶們，山坡上面非常冷，她緊緊抓著我的手。風在我們的耳邊不斷發出咻咻的聲音。遠遠望去，我們看得見世界上最高的大樓，它準備綻放這個世界上最高的煙火。她說：「我第一次從這麼高的地方看著這個城市。」

「妳覺得美嗎？」

「像是一個巨大的池塘。」

我看著山下的景色，想著這個我成長的城市到底長得像什麼呢？它被群山所環繞，所以的確像是一個沒有出路的池子，我看著城市裡面的燈火和川流的車，我突然有一個想法，就是我現在所看見的真的是一池水裡面的倒影，裡頭所有的一切都不存在，僅僅是反射星空後的幻覺，一陣風吹過吹亂了水面，所有的一切就會消失。我心裡面突然有一種類似真空的感覺，於是我抬頭看向星空，我才想起來，這個城市看不見星星。

「你之前和我說過，你沒有遇過比你高的人。」她突然這樣對我說，我困惑地點點頭，然後她指向遠方一個高大的男人說：「我想他應該比你高。」那個男人獨自一人站在一棵樹下抽菸，我們只能看見他的背影。不知道為什麼我覺得那個背影非常熟悉，看起來像是我在電影院遇見的小學同學等比例的放大版本，他吐出來的煙從頭部旁邊飄散開來，讓那畫面不具有真實感，好像一部運轉的機器。

「我想是的，他比我高。」我看著那背影然後這樣回答。

那男人在我們注視下，突然轉過頭來望向我們所在的地方，他當然不是我的小學同學，我看見一張我每日都會見到的臉，那是我自己的臉。那畫面令我太震驚，我嚇得幾乎就要發抖起來。那男人將菸熄掉，慢慢走離開我的視線範圍。

遠方高樓的燈突然暗了下來，代表著煙火要開始了，但我卻完全無心欣賞，我一直盯著那個男人的背影，直到他走到路燈照不到的地方，我還是無法將視線移開那男人身影隱沒的地方。眾人的倒數聲在身邊巨大地響起，她緊緊抓住我的手，我被迫回頭看向大樓。當數到「一」時，大樓炸出巨大的火花，發出的聲音讓我打了冷顫，在我眼裡那煙火的樣子看來非常血腥。

我身邊的她感動地說，「這真是太美了，我的眼淚就要掉下來了。」但她的眼淚卻只能停在那裡。

在幾次爆炸之後，風向便改變了，煙火所造成的煙霧遮蓋住了整棟大樓，我們只看得到發著光的一坨煙霧。她用一個非常失望的表情看著我，為什麼要這樣看我呢？我無法繼續維繫假的事物，這一切難道會是我的錯嗎？美麗的風景就消失了，煙火就是如此短暫而已，就是因為它如此短暫它才會是美麗的，並不是因為它是最高的或是規模多大，我真想對她這樣大吼。她的臉突然看起來非常陌生，我不再覺得那臉對我來說美麗了，那些來路不明的五官突然變得混亂到不行，怎麼會有人這樣組合一張臉呢？怎麼會有人有這樣怪異的身世呢？怎麼會有一個人無處可歸呢？我又怎麼會什麼都沒有呢？

我感覺到我生命中的一切在那煙火的爆炸聲中一一地支離破碎，我想起我的母親，她在這個城市生活的時候也有相同的感覺嗎？所以她才必須用那樣虛假的話術來建構自己的生活，不讓自己感到一無所有？

不知道什麼時候煙火就已經結束了，身邊的人都開始離去。我伸手想去牽那混血女孩的手卻握空了。她在我未察覺時已經從我的身邊走開了，我四處張望著，想從人群中找到她，卻發現這實在是太困難了，因為所有人的五官都變成同個樣子，他們都用一種狂歡過後疲憊的表情，搖搖擺擺無意識地尋找回家的路。

如果她在那群人之中，她要回去哪呢？我的房間或是她不知何處的家鄉？我坐在原地，直到所有的人皆離去以後，才默默地站起身，牽了我的機車，在節慶結束後荒涼的街上騎回家。回到家時，我的房間理所當然是空的，我有著非常強烈的感覺，她就此離開不會再回到我的身邊了，這是我這輩子第一次有什麼被奪走的感覺，但我寧可什麼感覺都不要有。

我倚著門口坐下，看著我小小的住所，多麼小的地方啊，從門口就可以一路望穿到深處，我在心中計畫離開這裡就此不要回來了。於是我又想起在山坡上看見的那個男人，或許我在黑暗中錯看了他的五官，他長得並不像我，只是一個普通的男人；又或許他就是我，有一天我抽起菸就變成他了。

或許有一天我又會開始長高。

在我看完煙火很久之後才有人告訴我，我城市裡那座大樓早就不是世界最高的了。

而我竟然完全不知道。

# 指關節

在空蕩蕩的房間裡，我聽見喀拉喀拉的聲音，像是螺絲或是什麼細小的事物掉落在地面上，但我知道那是什麼，回頭查看，是曉坐在未鋪上床墊的床板上，扳折著手指。她穿著貼身的彈性無袖背心，肩頭上有著汗珠，看起來非常疲憊的樣子。

手很痠嗎？

我問她。

不，只是有點睏，太早起床了。

她回答。

她伸出手撫摸床板，看起來非常惋惜，正午的陽光打在她的身上，使她汗濕的皮膚閃著光。我們兩人的床墊大概還在卡車上，在這座城市裡面流浪著。我在心中盤算，若是在我們午飯後床墊剛好送來，我們乾脆先停止手邊的工作，洗洗澡，爬上床去睡午覺算了。

喀拉喀拉，曉又無意識地折起了手指，她動作俐落地將方才未折到的關節一一壓開，像是在完成工作。

曉是我認識唯一一個會折手指的女孩子。當我們尚在大學，未熟識時，有一次在學校活動晚了，她便開著那台她爸轉手給她的破車載我回家。我們等待紅燈時，在我身邊，曉以左手握住右手，喀拉喀拉折起手指，她的指關節，混合著破車預告解體的嗡嗡機械聲，發出具有節奏感的清脆聲音，那聲響並不好聽，甚至讓我全身起雞皮疙瘩，因為那總讓人想起骨骼的創傷，但在當時，我卻又忍不住用耳朵專注地去聽它，當她將十隻手指的關節都折完，不再發出聲響時，我竟感到有些失落。

我猜想每個孩子都曾有過折手指的習慣，第一次的經驗有可能是這樣的：在發育過程中的某日，一堂體育課上，因為某個運動傷害，你那些如同雨後植物般成長的手指發出了聲響，並傳來腫脹的疼痛感，你擔心你的手指斷了，伸出手查看卻發現沒有。起初你不以為意，而後卻有些迷上那暗示著破壞的聲音，以及可歸類為痛感，但又沒那麼難過的感覺。但為什麼我說曉是我所認識唯一會折手指的女生呢？當這樣的壞習慣被大人發現，他們總是會告誡說折手指會使得指關節變粗，許多女孩，包含我在內，為了擁有十隻美麗而修長的手指，捨棄了這樣微小的樂趣，久而久之，也不再沉迷其中。

曉顯然不在乎自己的手指漂不漂亮，她當時剪了一頭短髮，時常雙手交叉在胸前，面無表情地站在團體的最邊緣，沉默而充滿距離感，但那次被她載回家，我發現我們聊起天來竟十分投緣，曉雖不愛說話，但對於別人所開啟的話題，卻會深思熟慮地做出思考後，認真地回應。而後我們變成了要好的朋友，她凹折著手指的聲音，便時常出現在我的耳邊。每當那聲音響起，我總是抱持著矛盾的心情，一面抗拒著，一面又忍不住去聽每一隻手指細微的音色變化。

我的大學時代幾乎都有曉的陪伴，我們一起去上課，偶爾也會蹺課，一起搭著她的破車去郊外看風景，眾人對於我們的組合感到不可思議，在他們眼裡，我是一個喜愛社交、融入團體、非常社會化的女孩子，竟然會跟特立獨行、不喜歡和大家打交道的曉成為這樣好的朋友。他們總是會問我，妳跟她有話聊嗎？

其實我跟曉真的沒有什麼話聊，曉在我面前時並沒有變得更健談，每次我們出遊，總是一直在走路和拍照，整趟旅程幾乎都是沉默的。但我卻非常享受這樣的沉默，彷彿我不需要講什麼，曉就懂得我的許多事了一樣，她的沉默令我感到安心。

畢業後，我進入了一家普通的公司上班，曉說自己以後想開店，放棄原本科系的專業，去一家親戚開的複合式酒吧邊做邊學。她起初很辛苦，工作時數非常長，忙到沒有時間剪頭髮，不知不覺，頭髮已經到了可以紮起馬尾的長度，因為必須常常跟客人聊天，她也漸漸不再被動，個性開朗了起來。常常我下了班，就去曉工作的店裡，一面喝著小酒一面跟她聊天。有一天我抬起頭來看她，發現她已經跟學生時代的樣子判若兩人，對她的改變，我不知道該用什麼情緒去反應，我只是偶爾在想，不知道在曉的眼裡我看起來又是如何呢。

大約是工作一年後，我們兩人原本住處的租約都到期了，曉於是提議我們可以住在一起。曉的那台破車當時已經報銷，她改成騎機車，替沒有交通能力的我著想，挑了一間離我公司較近的套房，開始了我們的同居生活。在第一間房子時，房東為我們留下了一張雙人床，幾年下來，即便我們換過幾間房子，唯一不變的是，我們始終都是一起睡在一張雙人床上。

午餐結束，床墊終於來了，我們兩人合力將床墊鋪好，沒有棉被，也懶得洗澡，隨意換了件乾淨的衣服，便拖著因搬家而疲憊的身體，爬上床去，一下子便墜入了午睡中。迷糊之中，我瞇開眼睛，看著空無一物的天花板，這是第幾間房子了呢？三？還是四？這其實並不重要，我對於新居一直都有強大的適應力，但後來想想，那或許是因為家裡始終有一個不變的裝潢，那就是此時此刻在我身邊酣睡的曉。

我忘記我是什麼時候發現曉愛上我的。似乎是有一個夜裡我醒來，突然感到一陣溫軟，發現曉在夢中將嘴唇貼在我的臉頰上，她雙眼緊閉，模樣一臉幸福，就像是在跟戀人接吻；也或許是某一次洗澡，糊塗的我拿了兩件褲子進浴室，最後只好赤裸著上身走出來拿衣服，就在那時，我發現曉停下了手邊在做的事，幾乎像是欣賞藝術品那樣，細細地看著我在動作時搖晃的胸乳。

無論是什麼時候發現的，只要這樣的念頭一進入腦中，就再也揮之不去了，回頭去想，總有更多的跡象可以覺察這個事實，曉對待我的方式都像是在照顧情人。偶爾早晨我起床會發現她甦醒已久，正一邊用手機看網路上的食譜，一邊為我準備異常精緻的早餐；有幾日我下了班，也會看見休假的她在公司樓下接我，在機車的後座我不知道該開心還是生氣，有點嚴肅地對曉說，她的假期如此寶貴，不需浪費時間載我回家。聽了我的話，她只是語氣平常地說，這沒什麼，而且她覺得兩人一起兜兜風挺好。

然而曉越是愛我，我便感到背棄她越多。

因為我是愛男人的，毋庸置疑地，愛慕且迷戀著男人。

大學時，我曾和一個學長交往過一年，那是我有生以來第一個男朋友，因此那時我不知道是不是所有的男人都像學長那樣，擁有著無法滿足的性慾，他為我開啟了一個嶄新的世界，在他的身上，我學到了許許多多關於性的知識。為了滿足他，我也努力地去學習各種新的技巧，但他依然需索無度，甚至找上了其他的女人，雙手伸向另一對胸乳，他的慾望如此之強，一直到分手那天，我們還以紀念的名義，又做了一次。

和學長分手時，我哭得非常難過，並不是捨不得他，也不是因為他背叛我而感到受傷，我只是回頭去看那一年，我所改變的一切，突然有種和少女的自己告別的感覺，彷彿那是我成為大人的分水嶺，我再也純潔不起來。

入社會後，我並沒有交過穩定的男友，而是與在各種場合認識的男子約會著，我想我大概也不是抗拒承諾，或是害怕在感情裡受傷害，只是很單純地，單一對象並沒有辦法滿足我。我和那些男人短暫的認識，交換聯絡方式，聊過幾次天後，便約出來用晚餐，回到他們住處做愛，行禮如儀，整個過程結束，合拍便有機會繼續聯絡，若是過程中有著一點尷尬或是不自在，便一拍兩散，兩人亦毋需負責。我並不只是貪戀肉體的快樂，在進入房間前的過程對我而言更是重要，我喜歡和他們相處與談話，以他們的談吐與外表特徵猜測他們的身世，並在聊天過程中拆解他們話語背後所想的潛台詞。他們是如此的單純又複雜，你可以用同樣的程序認識他們每一個人，但其中卻又充滿了變化，使我有了挑戰的熱情和成就感。

我雖不曾真正明言過，但我的所有行徑，曉必然是知道的，我結束夜晚回到住處時，作息規律的曉早已就寢，她背對著我睡著，我卻能從她的呼吸聲判斷她還是醒的，她長長地嘆了一口氣，而我能從那聲音聽見她的無奈和憤怒，她恨我和那些男人上床，但她卻又無法阻止我，因為我們彼此不具有責任。

我心底是充滿罪惡感的，我雖然從這一切攻防間得到快樂，但我的腦海中卻不斷地浮現曉在夜燈中瘦小而寂寞的背影。有幾次完事後，我躺在床上，那些男人坐在床沿，疲憊而滿足地折著手指，發出喀拉的聲音，我竟一瞬間以為，我這整個晚上遊戲的對象都是曉，瞬間混亂起來，所幸這樣的錯覺馬上就會被打破了，曉的指關節所發出來的聲音，已經深深地刻在我的腦海中了，男人的骨骼和女人的骨骼組成的質地大抵還是不同的，它們的聲音有著微妙的差異，而我能分辨得出來。

或許有些人會覺得奇怪，若我已經覺察了曉的心思，但又不準備接受她，那我便應該和她保持距離，而不該繼續與她同住，甚至於同床共枕。這些事情我當然是思量過的，我明白我離曉越近，對她所造成的傷害便更大，最好的做法便是先和她疏遠，讓曉放下對我的情感，兩人再繼續交好。但我始終不願意這麼做，首先我覺得這風險太大了，我無法確定我們的距離一拉開後，還有再靠近的可能，曉是我重要的朋友，我不願失去她，然而除此之外更重要的是：我戒不掉曉看我的眼神。

曉看我的方式對我而言是無可取代的，我從未在其他人身上感受過這樣純粹和炙熱的眼神，她那樣毫不動搖地看著我，就好像這個世界若少了我便會天崩地裂，因此她必須緊緊看守著我，不讓我奔逃。

我忘不了有一次假日，我和曉一起去海邊衝浪，我換上了我新買的比基尼，裸露出腰肚、大腿，和因為泳衣剪裁而顯得比起平常更為豐滿的胸部。自我將罩在泳衣外的T恤脫下後，曉的目光就不曾離開過我，我不間斷地感受到她的視線，熱辣辣地掃描我的全身，比酷暑的陽光更使我出汗。

我有些不安地享受這感覺，我們在沙上鋪了一塊防水布，我便坐上去，在曉的面前開始往身上擦防曬乳，我將動作放得極慢，用幾乎像是勾引的節奏，撫摸了自己每一片肌膚，曉看著我的動作，從背包裡拿出了礦泉水，大口大口地喝了起來。我們在沙灘上躺下，我的胸部於是成為我身體的最高點。曉不動聲色地轉過頭，她看著我的身體，如此專注。

我想像自己是曉，從她的視角，正在觀察著自己的身體，在滿是白沙的背景裡，我的身體變成了沙漠裡的一座乳白色的巨岩，曉則是一個流浪的旅人，終於看見她生命的信仰中心，因此她目不轉睛，因此她熱血沸騰，她伸出雙手，想親手觸摸那神聖的目標，但那卻像夢一樣那樣遙遠，好像她如何靠近都無法觸摸到似的，於是她膽怯地收回她的手，左手包覆著右手。

喀拉喀拉。

曉又開始折她自己的手指，那聲音在海邊聽起來異常地乾燥，好像柴火燃燒的聲音。

我曾經看過一部電影，裡頭有個母親，告誡她性啟蒙的孩子說「一個人的身體是他自己的廟宇」，只有在曉面前，我才能感受到身體的神聖性，只有在她的注視下，我才能感受到自己的身體是不可侵犯且獨一無二的，因此即便這樣很自私，我無法輕易地和曉疏遠。

這些年來，我也曾猜想過除我以外，曉有沒有其他的感情生活，她的長相是美麗的亦是帥氣的，在店裡時，我便曾目睹過她被陌生的客人要電話，然而她卻總是拒絕，在我眼下，我也未曾看過她與誰曖昧或約會過。因此我想，曉大概在等我吧，她或許期待著，在我們這樣如同多年夫妻的生活中，有一天會真的出現愛情的成分，有一天她能名正言順地照顧我、保護我。

然而對於她的期待，我又是怎麼想的呢？我沒有任何想法，我喜歡曉，也需要她，但我卻不曾慾望過她，未來的事我說不準，但此時此刻的我，是無法愛上曉的。

待我們午睡醒來，將新居大致整理一下，竟也夕陽西下，到了晚餐的時候了，曉看了看手錶。

要出去吃飯嗎？

她問我。

有約。

我搖了搖頭，這麼回答她。

曉於是面無表情地轉過身去，將她從舊家搬過來的書，一本一本地放到新的書架上，為它們重新找到安身立命的居所。我拿出手機，看著已累積數封未讀的訊息，某人邀請我直接前往他家去。我對著鏡子開始化妝，換上久未穿上的洋裝，和曉告別後，便出了門。離開前，我回頭看了曉一眼，她沒有如往常那樣轉頭用視線目送我，我只看見她的背影，上上下下，整理著我們的家。

今晚的對象是一個剛在國外念完碩士，回國還不久的年輕人，年紀比我輕，我們在手機上聊過幾次天，他的聲音很好聽，在夜店遇到時也很開朗，搭配英俊的長相，散發著令人喜歡的氣息。然而我對他的理解就僅是這樣而已，我不知道他有沒有工作，也不知道他的專業是什麼。這並不是我第一次做這樣子的約會，緊張當然還是有的，但我卻並不特別感到不安，因為那男人對我理解的程度也是差不多，他僅知道我是一個上班族。大多數與陌生人的約會就是這樣，兩人互相抓著隱私和神祕感作為籌碼，彼此只要不互相侵犯，便能和平共存，度過夜晚。

那人的住處在一個老社區的巷弄內，我抵達那附近時，天色已暗，四周非常安靜，我困惑地想著這樣的時間，不是應該四處傳來人們用晚飯的聲音嗎？但沒有，這附近就只是一片靜默而已，彷彿走入空城。走進巷子裡，路邊竟沒有可以指認的門牌號碼，於是我打給他，請他直接下來接我。

等待時，我發現巷子裡面的路燈真的是少得可憐，長約一百公尺的巷子內，僅有五盞而已，充滿了光照不到的暗角，那些黑暗的所在隱隱約約看得出一些輪廓，卻無法辨識出實際的事物，因此在想像力的作祟下，全都變成了蠢蠢欲動的惡意。我想著想著，有些害怕起來，便走入其中一盞燈下，給光照著，總是比較安心。

然而，走進光區內，卻又是另一種恐懼，我成為了這條小巷內唯一清楚的目標，若是此時有人想要掠奪我的什麼，那實在是太容易了，我看不見他在暗處密謀的眼神，但在他眼裡，我卻無所遁形。心跳在不知不覺中已漸漸加速，我深呼吸，想要讓緊繃的感覺退去，黑暗中，彷彿出現了不是我自己的呼吸聲，我往聲音傳來的方向看去。

因為實在太暗了，當那人走到一定的距離時，我才看見他的身影，比記憶中的還要高大一些，他笑著對我抱歉，說這附近的路燈一盞一盞壞掉，請了人來修，卻遲遲沒有人過來，他一邊說著一邊領著我往他家的方向走過去。他講話的速度非常快，幾乎像是有點過度興奮，無法克制地說著話，他在我面前走著，時不時地轉過頭希望能得到我的回應，我點點頭或發出一些聲音讓他知道我有在聽，但其實以他講話的速度，我根本無法專心。

他拐進一個又一個的巷子，終於在一棟公寓的鐵門前停下，我們走進，玄關的燈便接受感應，亮了起來，他背對著我說，就是這，接著便一邊從口袋掏找著鑰匙。我在鐵門上看見我們兩個模糊的倒影，突然刮起一陣風，我的洋裝被吹動，款款搖擺著，就像是鬼魅一樣。他打開門，上了幾層階梯後，來到他的家。

進入室內後，因為有了光線，我才發現他的兩隻眼睛通紅，布滿著血絲，漂亮的五官因為過度憔悴，看起來像是蠟像。我有些錯愕，他看見我的表情，望向大門旁擺放的穿衣鏡，解釋自己這幾天晚睡。接著他在我身後，將大門鎖了起來，聽見那鎖喀拉扣上的聲音，我心悸了一下，這是以往的經驗從來沒有過的，我不太知道那樣的反應代表著什麼。

他的房間並不亂，但卻空空蕩蕩的，不像是長期有人住的樣子，牆邊的書櫃也只放了一點點書。他打開電視，是新聞台，記者激動的聲音從畫面中傳出來，他從廚房拿了一盒披薩，說那是他訂好才剛送來的，希望我們簡單地用餐即可。他對晚餐的不慎重，我並不是非常滿意，但他竟然這麼說，我便也接受了。他繼續不停頓地說著毫不重要的話題，他的聲音和電視裡主播播報新聞的聲音混合在一起，使人心情雜亂。

我看著眼前的男人，看著他因年輕而心浮氣躁，覺得有些後悔，他和幾週前，和我在夜店相遇時判若兩人，不過，又或許是我自己留下了錯誤的印象，在昏暗的燈光和重節奏的音樂下，許多人事物自然而然地都會變得迷人起來，聒噪於是成為健談，邋遢於是成為瀟灑，我們在那樣震耳欲聾的音樂下若必須談話，只得兩人臉貼臉、耳鬢廝磨，才能聽得清楚彼此在說些什麼，這大概也是這種場所的目的吧，讓我們在那樣的距離下能夠輕易對彼此產生好感。

我拿了一片披薩，放進口中竟是冰的，幾乎就是直接從冰箱拿出來的溫度，我感到一陣噁心，然而他卻在我眼前毫無感覺地吃著冰冷的披薩，我開始有些懷疑，眼前的這個男人是不是有哪裡不正常。我做做樣子咬了幾口後，藉口說我吃過了，便停止進食。我這麼說的時候，他露出了一點不悅的神情，便也放下手中的食物。

你希望趕快開始對吧？

他問我。

不，我只是吃不太下。

我回答。

因為緊張，我的聲音聽起來乾乾啞啞的。年輕的男人，用充滿血絲的眼睛盯著我，面無表情，我看著他的臉，有了危險的預感，一瞬間我的腦中閃過了各種待會可能發生，驚悚片般的場面。

我突然覺得自己愚蠢至極，為什麼過去在做相同的事時，從來都沒有考慮過這樣的風險，之前能夠次次全身而退，留下浪漫和快樂的回憶，只能說是幸運和僥倖而已。但在此時，男人微笑了起來，他站起身走向書櫃，將一本書翻開，從書頁間拿起一個小小的夾鏈袋。

他坐回我的身邊，把夾鏈袋打開，並將袋子裡各種顏色、細小的藥丸拿出來，整齊地排列在桌上，他喃喃地介紹每一顆藥丸，這些都是很好的貨，隔天不太會留下不好的感覺……。我先前以為他的聒噪只是因為年輕男孩沉不住氣，而他泛紅的雙眼也是因為熬夜，我的脊椎已一陣冰涼，我往門的方向看去，想著自己大概沒有脫逃的機會了，我打斷他說我想去廁所，他伸出手指，往房間的方向指去。

進入廁所，我無比地懊悔起來。我抱著最後一絲希望，拿出手機，傳了地址和求救訊息給曉，在裡面拖延了五分鐘，我聽見男人在外面呼喊著我，我害怕繼續躲在廁所裡面會造成更大的衝突，打開水龍頭，喝了大量的水後，重新走回客廳。

他已為我倒好水，並挑選了其中一顆藥丸給我，我接過藥丸放在手心，遲疑了幾秒，還是鼓起勇氣和他說我身體不舒服，可能不適合服藥。他伸起手，在我的左臉頰上打了一個巴掌，因為我當時在講話，牙關來不及緊閉，把自己的嘴給咬破了。他生氣地向我解釋這藥能夠讓我們等一下的過程有多快樂，而我竟然不領情。我顫抖著雙手，將手中的藥給吞了，同時我也嘗到了血的味道。

他滿意地看著我，開始繼續向我解釋他從哪些朋友那取得這些藥，我太害怕即將來臨的作用，完全沒有辦法專心聽他說話。

不知過了多久，我感覺到暈眩，房間的天花板開始旋轉起來，我漸漸放鬆下來，不再有剛才那些緊張的情緒，但奇怪的是，我的思緒放鬆了，肌肉卻緊繃，一直有著運動的衝動，我緊緊抓著自己的膝蓋，突然間忍不住，將手往前揮，再快速地收回來。

他察覺我的異狀，便湊近過來，將我往他的身體摟去，開始吻我。我雖因為藥效而不再害怕，但我卻清楚知道這不是我想要的，我試圖將他推開，但卻被他制止了，我感受到他的手撫摸我的身體，握住了我的乳房。

就在此時，門鈴響起，我心中一陣狂喜，知道是曉來了，但我不敢走去開門。男人起初想要就這麼忽視門鈴聲，但曉不斷重複地按著，那聲音聽起來充滿著急迫性和威脅，令男人無法不就範。他一頭霧水地往門的方向走去，一開門，門便大力地彈開，撞擊到他的臉部，他捂著臉往後退了幾步。曉踏進屋內，看見癱坐在沙發上四肢僵硬的我，她衝了過來將我扶起，撐著我離開房子，男人見狀握著拳頭想要阻止我們離去，但曉從背包抽出了一把美工刀，指著男人，不讓他靠近。

到一樓時，我已經想起來要怎麼自己走路，但雙手還是在不斷發抖和揮舞著，曉為我戴上安全帽，扶我上了機車，要我緊緊抱著她，便快速地騎車離開現場。她左右轉著彎，騎了不知多遠，她將我放了下來，我原本以為她生我的氣，想要將我丟在路邊，但她卻拖著我的衣服，讓我的臉對著路邊的水溝。

她命令我催吐，並在一邊拍打著我的背，我將顫抖的手指伸進喉嚨，一壓，許許多多的事物便這樣湧了上來，那感覺太酸苦，我的淚水也從臉上流下。

我蹲坐在路邊，喝著曉去便利商店為我買的礦泉水，曉依然用那樣無可取代的眼神，目不轉睛地盯著我看，但目光已不再那麼炙熱，取而代之的，是冷冷的、受了傷的愛意。我被她這麼看著，內心充滿了罪惡感，別過頭去。曉能夠在這麼短的時間內，找到我的所在之處，簡直是一項奇蹟，但我知道，她的視線從來就沒有離開過我。

看我休息得差不多了，曉往機車的方向走過去，我低著頭跟在她的身後。突然，曉轉過身來，一句話也不說，伸出拳頭，使盡了力氣往我的臉揍了下去。我被打得跌坐在柏油路上，曉甩甩雙手，又開始折她的手指，喀拉喀拉、喀拉喀拉地響著。

我跪倒在地上，臉頰脹痛，鼻血不斷流下，整張臉濕濕熱熱的，我分不太清楚那是血還是淚。聽著曉折手指的聲音，那一刻，我感受到喜樂和溫暖，我感受到奇蹟與愛意，我感受到我的身體是一座神聖的廟宇。

# 肉球

他在前任的床上醒來，以為還在夢裡。

床上只有他一人，小房間裡有一扇窗，陽光斜斜地打進來。他坐起身，半身赤裸，只穿著四角褲，房間裡的冷氣不知何時關上了，室內熱烘烘的，皮膚上全是一顆顆的汗珠。他不知道自己睡了多久，眼前的陽光和一天當中任何時間的陽光並無二致，分不清確切的時刻。

床的對角，掩著的門被輕輕地推開，是那隻白貓。

貓站在門口停了一下，看著他，雙眼閃爍如寶石，接著不知道心裡做了什麼決定，便喵喵叫著朝他走過來。貓跳上床，發出情人般撒嬌的叫聲，然後移動到他的身邊，用頭撞了他的身體一下，依偎在他的腰旁。潔白的毛和他汗濕的皮膚貼在一起。

「我在流汗，你會髒掉。」他和貓說，貓抬頭望向他，一臉不在乎。於是他伸手為貓咪的脖子搔癢，而白貓滿足地閉上眼睛。

貓的出現，讓他從假寐的混沌中甦醒過來。

前任是分手後才開始養貓的，因此這是現實，不是夢境。

他與前任分手剛滿兩個月不久，是他提的，前任傷心欲絕，在他現在躺著的這張床上哭得喘不過氣來。那日場景在記憶裡依然清晰，他記得前任的眼淚一滴滴從臉頰上滑下來，甚至都放棄了用手去承接或擦拭，眼淚就這樣從眼角直到下巴，在下巴匯聚成鐘乳石的形狀，落在白色的床單上。

「所以你不想要了嗎？」他記得前任聲嘶力竭地問他。

「不想要什麼？」

前任低聲啜泣起來，上氣不接下氣，失去說話的能力，伸出食指，比了自己的胸口。

他不忍繼續看著前任的樣子，於是低頭望向白色床單上，被淚水沾濕所形成的痕跡。若閉上眼睛回想，那形狀還會從腦海深處浮現出來。

分手以後，他幾次後悔，認為自己決定做得草率，或許他心胸再開闊一些，再多給一些時間，事情會有其他可能性。但他在關係裡總是如此，一旦嗅到了分手的預感，就再也無法回頭，只能一路往負面想去，在他心裡，兩人在一起，無論如何都只能是傷害了。當然他也感到可惜，畢竟，隨著年紀，大概真的也難以遇到像前任那樣，歷史單純的人。

前任在他之前只交過一個男友，是高中社團學長，兩人報名同一家補習班，有天在走廊巧遇，才知上課時間相同。那天下課，發現學長在電梯門口等他，兩人便一起搭公車回家。下禮拜，下下禮拜，整個學期的每個禮拜，學長都在相同的位置等他一起回家，某次，接近午夜的公車，只有他們兩人，車子搖搖晃晃，令人暈眩，學長突然之間便吻了前任。

多麼浪漫，像是偶像劇。前任對愛情的想像也就像是偶像劇，在他的世界觀裡，愛情非常單純，兩人彼此告白後交往，此後一起生活，我眼裡只有你，你眼裡只有我，關係裡沒有其他。但偶像劇往往演到主角愛情修成正果便完結了，它們從不告訴我們之後的事情。

後來學長考上南部的大學，他則是在一年後考上北部學校。兩人相隔兩個城市，雖然寂寞，也還維持了一年多的時間。某日學長躺在宿舍，百無聊賴，下載了從朋友那聽說過的交友軟體，一打開來，花花世界，多少男孩的臉就這樣出現在螢幕裡，他點開一張臉開始聊天。距離近在咫尺，原來是同學校的人。聊著聊著，那人話鋒一轉，「你也在宿舍嗎？我房間現在沒人。」

就只是因為無聊，學長猶豫了一下，從自己宿舍的床上，踩著梯子一階階爬下，然後又一階階，爬上另外一人的床。

結束時，拿起手機，剛好看到前任訊息過來：「你在幹麼？想你。」

僅僅六字，讓學長幾乎石化，學長手指僵硬如鐵，卻也鐵了心腸，打下說謊的五個字：「剛剛去慢跑。」

「真健康，我也要開始運動。」前任說完，還貼上一個小狗跑步的貼圖。

第一次的罪惡感如千斤般沉重，學長努力說服自己這只是一時著魔，當作一場意外的發生就好，不該告訴另一半的，說了也只是傷害他，反正不會有下次，絕對不會有下次。學長回到自己的房間，翻來覆去，左思右想，用拳頭敲著自己的太陽穴。

但第二次就好多了。

前任發現，學長漸漸養成了慢跑的習慣。因此他遠在另一個城市，偶爾也戴上耳機，聽著音樂，在大學裡的操場，一圈圈地跑著，跑過一圈，就思念一次。

而上過一張床，就多一種走漏消息的方式，風聲遠征半個島嶼，終究還是傳來前任耳裡。前任心痛地問學長到底和多少人有過關係時，學長竟然答不出來。

「我只愛你啊，我從來沒有對他們任何一個人有過感情。」學長緊緊抓著他的手辯駁。是真的或是狡辯都好，前任是聽不進去的，無論如何，他已經被深深傷害了。

他的世界裡沒有性愛分離這種概念，學長的說法只讓前任感覺他是髒的；沒有愛的性就是髒的，和不熟悉的人做愛就是髒的。

前任對學長說，你好髒，然後把被握得有些痛的手，硬生生地抽了出來。

在一起以後，某個下雨的晚上，在同一個房間，前任帶著複雜的語氣和他說了這段往事，一直重複：「真是丟臉，我竟然沒發現。」偶爾說到難過之處，眼淚堆疊在眼眶就要落下，卻又搖搖頭說自己已經走出來，不在乎。前任說：「你知道嗎？過了這麼久，我第一次和誰完整地說這件事……我以為我好了，但這段時間我偶爾會覺得，他這樣做，一定是因為我缺少了什麼，沒辦法滿足他。」

前任淚眼汪汪，努力忍著不哭出來，像是被雨淋濕的動物。他看在眼裡，覺得愛惜又親密，前任將自己如此難堪的往事告訴他，畢竟是對他有相當程度的信賴。他伸出手，由上而下，摸著前任的背說：「不是這樣的，你很好，你什麼都不缺……」

他從來都不擅長安慰人，只能說出這種毫無建設性，空洞的鼓勵句子，然而前任卻接受了他貧乏的話語，破涕為笑，擦擦眼淚說：「最近是挺缺錢的。」

兩人笑，過去的烏雲彷彿就隨風散去了。

但前任接著轉過頭去，「那你呢？你之前幾任怎麼分手的？」

他向來不擅說謊，便把往事通通都說了。

早在國中就和同伴有過摸索的經驗，高中正式破處。等到有了自己的智慧型手機，便也開始用起了大家常用的交友軟體，一個約過一個，無牽無掛。後來對於重複的性愛逐漸失去新鮮感，他才開始試著和他人開啟一段關係。

真正穩定的有過兩次，第一個出國念書，便協議分手；另一個打從一開始便不怎麼合拍，最後也就草草分了。兩個都稱不上真的喜歡。

他盡量輕描淡寫，畢竟也不是多特別的故事，他之後遇過的許多人都是類似的經驗，用朋友的話來說就是：「我們這種人，常常是對性的啟蒙早於愛。」

要談起歷史，他身上的歷史和學長比起來，大概只會多不會少。

前任表情又冰冷了起來，他低下頭，心又退到深處，說：「喔，所以大家原來都很有經驗，就我沒有。」

他啞口無言，無從反駁。

前任又接著問了：「為什麼你們要這樣呢？你們不覺得能好好跟一個人在一起很好嗎？」

「自然而然就變成這樣了。」他這樣回答，沒有說謊。他不是在心底做了什麼選擇才變成這樣，一切都是自然發生，性比愛先來找他，那些男孩在吻他之前，先把手伸進他的衣服裡。

「自然而然？」前任顯然不懂。

「那都是過去的事了。」他說。

「我知道。」

「我和那些人再也沒聯絡了。」

「嗯，我相信。」

「我不會像他一樣傷害你。」

前任沒有回話，站起身，開始換上外出服說：「我餓了，我們去吃東西。」

兩人出門。雨還是好大，但他們共撐一把傘，他右手拿著傘，為了保護前任不被雨淋濕，環著前任的身體，整個傘面都盡其所能地罩在前任的身上。不到一會兒，他半個身子和頭髮都已經濕透，雨滴不斷從左手袖子落下，他忍不住發抖起來。

他們一句話也沒有說，傘內的空間全然地被雨聲填滿，因此讓他們閃躲了尷尬的沉默。抵達宵夜店裡時，前任轉過身，看見他的慘狀，笑了出來，拿了衛生紙為他擦頭髮。他也笑了，我不會傷害你，他在心裡這樣想，卻沒說出口。

雨有時候會幫上忙。

他以為那晚的對話也可以像那樣被雨稀釋，兩人能夠回歸親密。但他錯了，有些話題是永遠不能聊的，這道理他不懂。

前任在那之後漸漸將他當成學長的替身，偶爾過去受到背叛的傷痕隱隱作痛，便會遷怒到他身上。兩人約會，聊得好好的，前任卻會毫無徵兆地突然悶悶不樂起來，好長一段時間都不講話，無論他如何哄，前任就只是搖頭說沒事。繼續追問，才說：「我只是在想，這些地方，你是不是和別人來過？」的確有幾處是他習慣前往的約會地點，他最初幾次老實回答，但前任並不會被他的誠實感動，只會大發雷霆，甚至直接掉頭走人。他後來也就漸漸學著說謊或是含糊帶過，但前任的妒意如此堅持，無法被輕易敷衍，他儘管否認，前任卻也不相信他。

甚至發生過幾次，睡夢中，前任忽然將他搖醒過來，質問他是不是出軌了，他睡眼惺忪，努力安撫前任，才知原來前任是做了惡夢。他一頭霧水被罵了一頓，混合著起床氣就要發作。前任卻在這時清醒，直說對不起，他不是故意要亂凶的，只是那惡夢好真實，一時昏了頭，說著說著罪惡感油然而生，哭了起來。

他看著前任那樣子，氣也就瞬間消了，他將前任抱住，前任在他懷裡一顫一顫哭著。他多想安慰前任，但他一點也不懂那傷是怎麼回事，他從沒有這樣深地愛過一個人。

他唯一能做的就是絕對的忠誠。

他和前任在一起時，從來沒有動過一絲出軌的念頭，對有可能產生火花的人，也盡量少接觸。他在這段關係裡如此專注，不耍伎倆，直愣愣地盯著前任，認為如此下去，總有一天前任的傷就會慢慢癒合，不再感到疼痛。

但前任回望他的眼神，卻不像是在看他，而是看著身後那些他曾經遇過的人。

前任不能理解，那些人其實在他的生命裡根本無足輕重，他甚至想不起他們全部的名字。他在夜裡抱著裸體的前任，兩人的皮膚幾乎摩擦出火光，他多愛他，但他卻看見前任的眼睛帶著悲傷，他知道前任在想什麼。前任永遠認為這次性愛，只是他之前無數次練習的翻版。

關係裡只有他們兩人，但卻那麼擁擠。他俯在前任的身上，前任所感受到的卻不僅是他一個人的體重。真實存在過的、因妒意而想像出來的人，無數的重量壓在前任的身上，兩人共同組織起來的船，便被那重量壓得漸漸沉沒進漩渦裡。

說什麼、做什麼都被錯誤解讀，他因此漸漸變得寡言起來，兩人之間的關係越來越冰冷。他知道前任的傷不是他所能治癒的，若不在此時抽身，只怕會跟著在那海裡溺斃。盡了最大努力了，他對自己說。

於是他提了分手。

分手時，看著前任哭成那樣，他知道他沒有遵守承諾，他終究還是傷害了前任。他自責，覺得比起學長自己或許更加惡劣，他不僅是見死不救，他在別人的傷口上灑鹽。但除了離開他不知道他還能怎麼做。

直到現在，他偶爾依然會做與前任還在一起的夢。那些夢多半是與前任相處時日常快樂的回憶，而他在那些夢裡，卻又保有現下的記憶。他在夢中不斷驚慌失措地自問：我們復合了嗎？是什麼時候的事？又必須佯裝沒事，和前任稀鬆平常地相處。

而起床後他總感到鬆一口氣，幸好那夢不是真的，他不需要再去面對前任對他過去的質問，但又對這釋然感到罪惡。

就在此時，貓在他身邊叫了一聲，聲音聽來甜蜜，他在思索時停止了手中的動作，貓咪直直盯著他，催促他繼續搔癢。

不到一小時前，他又作了那樣的夢，甦醒時看見自己身在前任的房裡，讓他以為那是夢的延續，而非現實。直到他看見那貓。貓成為了現實的標記，他們兩個在一起時並沒有養過貓，是前任在分手之後才有牠的。

因此貓，就等於現實。

貓對於今天早晨多麼重要，他此時此刻會出現在這裡，也是因為那隻貓。

與前任分手以後他又將那些軟體下載回來，方塊和方塊，幾個慣用的圖標並排在同個資料夾裡。他回到往日的生活，今晚工作結束沒有事，便在上頭對那些聊過天的人提出邀請。無人可守貞，性又變得意義單薄，彷彿搔癢，身體癢了便要抓，這之中沒什麼美感，更沒有道德問題。

在那些男孩男人微笑的臉，或是展露的身體中，有一天，他看見了前任的照片，他起初不敢相信，但他不可能看錯，因為那張照片是他為前任拍的。

他們兩人是在秋天正要漸漸轉冬時開始交往的。那個冬天，整整一個多月的時間，前任每週二四六，必須起個大早，趕在上班前、天都還沒亮時去上駕訓班。冬日早晨冷冽，前任卻多麼自律，總在第一聲鬧鐘響就起來，從未有一天遲到。

那教練原先是個成功的生意人，退休後，鐵打的作息改不掉，依然每天六點清醒過來，一天二十四小時變得過於漫長，於是便到朋友開的駕訓班二度就業。他將前任視為優等生，當前任因得失心太重，在路考前最後一次上課緊張得胃痛時，他老生常談地鼓勵他說：「大家都說早起的鳥兒有蟲吃，其實早起晚起有什麼差別呢？就是意志力而已。很多上班族，甚至大學生，一大早來到這裡，彷彿醒著卻還在睡，你和他們不一樣，你眼睛在發光，你想做什麼一定都做得到。」前任聽了得意洋洋，見面時笑嘻嘻地和他分享。

這段話雖然與他毫無關係，但他聽在耳裡，心裡卻像棉花糖一樣軟綿綿的，他知道那意志力是源自於對他的愛。

前任在大學時期，無論父母如何好說歹說，他都耍賴拖著不去考駕照，理由是在台北生活完全用不到車，不考也無所謂。但前任的父親，在某次腰傷之後，越來越少開車，便決定把家裡那台開了十幾年的老車讓給前任，聽到這件事的當下，前任便立刻報名了駕訓班。

「春天來的時候，我要開車載你出去玩。」前任對他這樣說。

路考當然順利完成，他們也熬過漫長多雨的冬天。那張照片就是前任第一次開車載他出去時，他坐在副駕駛座拍的，前任轉頭望向他，笑得燦爛。這表情他多麼熟悉，前任每次度過關卡或成就什麼，總是這樣看著他，要他拍拍肩給予鼓勵。像是小孩，或是寵物，使他疼愛。

雖然拍下照片後不久便分手了，他們之間也曾有過這樣甜蜜的時刻。他看著照片，看著前任那雙所謂意志力的發光眼睛，胸口突然感到塌陷一塊，有些事情是儘管有意志力也做不好的，愛情就是其一。

他可以想像，就算只是動動手指頭那樣不費力氣，前任在交友軟體上申請帳號以前，心中勢必放棄了什麼他生命中長期以來所相信的事物。做了這麼艱難的決定，前任的表情，彷彿又在等待著他的鼓勵。他失神地盯著螢幕，不知道前任在軟體上看見他沒有？無論如何，最好在看見自己之前先把前任封鎖吧。

正這麼想的時候，前任竟然主動傳來了訊息：嗨，最近好嗎？

他簡單回了幾句，兩人於是一來一往地聊了起來，那生疏的程度幾乎就像是那些陌生的網友，或許對待網友們，他都還要更熱情。小心翼翼地維繫禮貌的空間，看著前任手握方向盤的照片，他感覺兩人像是在狹窄的山路交會的兩台車，隔著幾公分寬的距離，速度盡量放慢，駕駛緊握方向盤，冷汗直流，彼此深知僅僅是接觸，就要造成傷害。

前任最終還是問了已逝愛情最常出現的問句：「你有新對象了嗎？」

沒有，他如實以告。

「我最近養了貓，你要不要來我家看牠？」

他當然明白這句話背後的深意，卻也接受了邀約，因此他現在才會赤裸地坐在前任的床上。他不知道前任是從哪裡學來誘惑的話，過去在一起時，連他偶爾為之的調情，前任都會害羞得臉紅。就算前任說什麼充滿愛意的話，也都僅是真情流露，不像這次的問句，讓他感到是計算過後才問出的。

他撫摸貓側躺著的白色身體，感受到貓急促的心跳，和隨著呼吸起伏的胸腹。那是和摸著人類皮膚完全不一樣的感受，因為沒有種種複雜的感情和禮教，觸摸動物身體時，反而能夠去正視這是一個生命的實感。

那貓享受著他的觸摸，幸福地瞇起眼睛，尾巴上下擺動敲打床面，發出呼嚕嚕的聲音。

他將手掌移到貓柔軟的腹部，那貓身體卻突然僵硬起來，他惡作劇，上下揉捏堆積的脂肪，貓咪不喜歡，將身體立起，伸出前腳放在他的手背上，用藍色的眼睛盯著他看，示意他停止。那動作好可愛，簡直像正在發脾氣的人類，他也如同對待一個人般，握住貓的前腳，像是握手道歉，「對不起，我不煩你了。」貓咪瞇起眼睛，躺了回去，一臉不屑。

他摸到貓的腳掌，粉紅色的肉球。從未養過寵物的他，一直聽身邊養貓的人——所謂貓奴——說這是貓全身上下最迷人的地方。貓從高處落下時，肉球能夠緩衝力道，保護貓咪不因重力加速度而受傷，因其特殊的柔軟質感，有療癒的效果。他握著貓掌，用拇指的指腹輕輕撫摸肉球，能理解他們的意思，那彈性，確實讓人有能夠乘載世間所有壓力的錯覺。但只要稍微施一點力壓下，尖爪便會從貓掌伸出，圓弧形的透明指甲，在頂部收成一個尖銳的鉤子，暗示著其造成傷害的潛力。

房間外傳來鑰匙開門聲，前任滿身大汗地進來房裡，看見他醒了，說：「早餐店人好多喔，排隊排了好久。」將兩袋散發著油膩味道的早餐遞給他，他將袋子放在床上，查看裡頭。前任有潔癖，回頭看見他的舉動，大叫一聲，將早餐放在床邊茶几上。「受不了你，白床單很容易髒欸。」前任說，同時一面將冷氣打開，冰涼的空氣帶著灰塵的味道從機器裡吹出來，讓悶熱的室內冷卻，得到救贖。

前任將汗濕的上衣換下，換上乾淨睡衣。然後問也不問就把衣櫃裡一件白T恤丟給他，要他換上，沒丟準，落到貓的身上，貓嚇了一跳，掙扎著從衣服下爬出來，聞了聞衣服，也不知是不是嫌惡的表情，走到床的另一角，繼續窩著。

「別欺負牠嘛。」他開玩笑地對前任說。

「牠好像滿喜歡你的，平常牠不太親人的。」

「是嗎？我這麼有動物緣？」

前任轉過頭望向貓，那貓也回應他的眼神，兩人像是正在無聲地溝通，前任突然恍然大悟：「啊，我知道了。」接著離開房間，拿了貓飼料和小碗進來，放在地上為貓咪準備食物，「我出門前忘了餵牠吃早餐，所以牠來跟你求救。」

貓看見渴望已久的食物，立刻跳下床。他心裡於是一陣失落，原來那親密只是來自於食慾，並非什麼一見如故。

「他們兩個呢？」他指的是前任的室友。

「都不在，一個回老家，一個出國玩了。」

所以前任才會挑此時邀他過來。他過去常來這裡住，因此對前任兩個室友都熟識，甚至稱得上要好的朋友，但一分手，與那兩人的關係就隨著感情一同斷了，從情人那交來的朋友，常常落入這種處境，雖然在分手後繼續與他們保持聯繫也沒任何錯，但不知為何，就是感到違背了隱形的道義。此時若再見到他們兩個，也只是尷尬而已。

他們席地而坐，就著茶几吃起早餐。打開袋子，肉鬆蛋餅加醬油，奶茶去冰半糖。這些喜好前任完全不必過問，就藏在記憶裡，以前在一起的時候，也總是如此，他貪睡，前任卻總是早他許久起床，買早餐給兩人吃。貓在他們身邊，慢條斯理，一口一口細細嚼著飼料，簡直就像他們三個共進早餐。

「謝謝你。」他對前任說。

「謝什麼？」

「早餐啊。」

前任停下咀嚼的動作，看著他，表情裡突然閃過些什麼，停頓了一秒之後笑著說：「不用這麼有禮貌吧，以前也沒聽你說過謝謝。」

他聽不出這句話是埋怨還是玩笑，趕快將話題轉向：「你還是很早起。」

「我就是睡不晚啊，我媽說我這是遺傳她的，勞碌命，不過這樣也滿好，」前任喝了一口飲料，看著他，「我以前都會趁你起床之前，花時間看你睡覺的樣子。」

他愣了一下，才問：「為什麼啊？」

前任看著他，等嘴巴裡的食物吞下去之後才開口說話：「我太沒安全感了吧，你醒著的時候看起來心事很多，我都不知道你在想什麼、想誰，等你睡著之後，表情看起來放鬆了，我才感覺你跟我在一起。」

他突然不知道要擺什麼表情了，渾身不自在，只能默默低下頭，用拿筷子的右手假裝擦嘴，碰了一下自己的臉頰，發現自己在笑。他就知道，或許是一種保護機制，每次他只要一慌張起來就乾笑，兩人以前吵架，前任也常常被他的反應惹火，「你在笑我嗎？」前任總是這麼問。前任對兩人過去的問題這麼坦然地講了出來，反而讓他感到不安，他不知道前任是故意藉此表現自己已盡棄前嫌，還是以此作為開頭，準備開始翻舊帳。

「咦，怎麼不吃了？」前任突然這麼說。他嚇了一跳，抬起頭，以為在說自己，前任卻是看著貓，牠只吃了一半的飼料便停止了，前任摸摸貓的頭，貓的表情難解，看不出到底想說什麼。「算了，想吃再吃吧。」前任將貓一把抱過來，放在自己的腿上，貓看起來不太願意，但也就配合似地窩在前任盤著的腿間。

兩人吃完早餐，把垃圾收好，前任說，「你可以幫我拿去廚房丟嗎？我不想驚動牠。」他於是拿了塑膠袋去丟，這家他早已來過好多次，熟門熟路。

「你怎麼會養貓啊？」回來房間時，他問前任。

「上個月底那個颱風啊，我忘記存糧在家裡，沒東西吃，只好冒雨去便利商店，一出家門，就聽到貓叫聲，『喵——喵——』，好像在哭，低頭看見牠全身髒兮兮躲在汽車輪胎旁邊，我想牠一定很餓了，才會叫成這樣，就把牠帶回家。」

他笑了笑，坐回床上，「其實我不是在問這個，我只是記得你以前說，你如果有機會養寵物，一定養狗不養貓，因為你說你覺得……你覺得狗比較……」

「我說我要養一個眼裡只有我的動物，我也記得呀。」前任幫他把話接著說完。

「那為什麼還養……？」他話越說越小聲，最後幾個字含在嘴巴裡。

「你幹麼一直不把話說完啊？」前任笑著質問他。

他也笑了，覺得有些害羞，「因為牠在盯著我看，好像聽得懂我在說什麼，總覺得在牠面前討論這個不太好意思。」

前任低頭看懷裡的貓，搔搔牠的頭問：「妙妙，你聽得懂嗎？你會介意嗎？」

「牠叫妙妙啊？」

「嗯，沒什麼特別的意思，是牠的叫聲，牠是男生，你覺得取這名字會不會太女性化了？」妙妙發出抗議的叫聲，前任安撫牠後接著繼續說：「一開始養，只是剛好遇到牠，但養貓之後才覺得，過去對貓的印象好像錯了，牠們看起來好像踐踐的、不太理人，可是其實牠們很會觀察人類的情緒，很依賴主人，也很愛主人，」前任轉過來看著他，「跟你滿像的。」

「是嗎？」他從來都不覺得自己像貓。

「妙妙很多時候都讓我想起你，我幾次晚上難過在哭，牠會跳上床，緊張地在我身邊繞圈圈，那種時候我總是會想到以前你試著安撫我的樣子，牠雖然不是眼裡只有我，但還是很愛我的。」

他沒有回話，在腦中想像那個畫面，寂寞的夜晚，只有貓陪著前任。前任將貓咪抱起，站起身來坐到床上，將貓放到他們兩個中間。妙妙將兩隻前腳放在胸前，作為枕頭，趴在上面。白貓趴在白色的床單上，有了保護色的效果，貓的輪廓因此變得朦朧朧的，看起來不太真實。

接著前任很自然地，越過貓咪吻了他一下，他回應了那個吻，過程非常自然，那是來自身體的記憶。

「你還緊張嗎？」前任問他。

「緊張什麼？我沒有緊張啊。」

前任笑了出來，「你少騙人了，你從昨天晚上到現在都處於很緊繃的狀態，看你臉上一直掛著傻笑就知道了。」

他伸手摸摸自己的臉，果然又在笑。

「你一定很慌張，對不對？我甚至不知道你為什麼會接受這麼可怕的邀約。」

「我想你可能是有什麼話要對我說，所以我來了。」

「那也可以約在其他地方啊，咖啡廳之類的，其實我有點後悔一開口就邀你來我家，讓我覺得自己有點……」前任搖搖頭，「我只是想見你而已，我想念這種感覺。」

前任握住了他放在腿上的手，他感受到前任手掌的溫度。前任的手指輕輕撫摸著，這其中含有某種性的暗示，但無論前任指的是前一晚發生的事，或是此時此刻，他都必須承認他也懷念這種狀態，和某人牽著手坐在一起，心裡有所依託。

「對不起。」前任說。

「嗯，沒關係。」

「我試過以後，才真的懂你的心情。」

「試過什麼？」

「和那些人做過，也不代表什麼。」他以為前任是因為突然的牽手而道歉，原來是在講兩人之間的事，他沒有接話，前任繼續說，「而且你也沒有背叛過我，是我太想不開。」

「都過去了。」

「過去了嗎？你以前告訴我，你和那些人，都是過去的事，是同樣的意思嗎？」

「當然不一樣，你和他們不一樣。」

他們沉默，只剩下冷氣嗡嗡運轉的聲音。白貓開始舔自己的手掌，他們之間安靜的程度，甚至可以聽見貓舌頭滑過毛髮的聲音。兩人維持那樣的狀態不知多久，他才鼓起勇氣說：「你不用去做你不喜歡的事。」

「不是你的緣故，你不用擔心。」

「無論是不是因為我，我都不希望你勉強自己。」

「嗯，但試過以後，我就懂了。」前任又重複了一次。前任坐在靠窗那側，側臉背著光，他看見前任的眼眶裡有著淚光，他腦中突然閃過了他們分手時，白色床單上眼淚的痕跡。那幾個不規則形狀，大概會留在他腦中很久很久。

「不是現在，我也還沒準備好，」前任小聲地說，聲音乾啞，「但你想我們還有機會在一起嗎？」

這問題他也想過，但他沒有明確答案，看著前任的臉，他誠實地說：「我不知道。」

「至少不是否定句。」前任強顏歡笑，眼睛瞇了起來，他有些擔心前任的眼淚會因此落下，但是沒有，它們好端端地待在主人的眼裡。

前任放開他的手，站了起來，問他：「你還會熱嗎？我要把冷氣關了喔。」他搖搖頭，前任於是按下遙控器，發出嗶嗶聲。貓咪怕熱，聽到這聲音知道溫度又要升高起來，轉過來對前任叫了一聲，像是在抱怨，他們看牠那樣子都笑了。

「你真的應該養養看寵物的，那是很特別的經驗，」前任坐回他的身邊，「動物把你當主人的時候，牠們什麼都不用說，你就是知道，而且只要有好好照顧牠們，你不會覺得牠們傷害你或是你辜負牠們。」

「比人簡單多了。」

「比人簡單多了。」前任重複他的話。

「有一天我會養的，等我不用再租房子。」

「那要等多久啊？」

「我怎麼知道。」他苦笑著說。

「你想養什麼？」

「還是想養狗吧，我想玩那個，那個叫什麼？」他做了拋擲的手勢。

「丟飛盤？」

「對，我想跟狗一起運動，啊，或是養迷你豬，迷你豬也不錯。」

「迷你豬？你養豬的話，每天早上就是兩隻豬在床上賴床。」他們兩個大笑，融洽的氣氛一瞬間像是回到以前在一起的時光，而他覺得，或許這樣也不錯。

如果再有一次機會，等前任不再想過去，等白色床單上的淚痕乾掉，也許這一次不會再製造新的傷。

前任將躺在床上的貓抱起，貓咪有些抗拒，四腳朝天的被前任抱在懷裡。「養貓呢？」前任親了貓咪的頭頂一下。

「也可以啊。」

「或是你先養狗。」

「然後再養貓？」

「然後我就可以把妙妙帶去和你一起住。」

他笑了笑，沒有答話。此刻前任所點燃的可能性，他還沒有能力承接溫暖，只能放它在那裡空燒。接著他問前任：「你摸過他的肉球嗎？」

「肉球？」

「就是貓的腳掌這邊，」他指向自己的手心。

「啊，我知道，我沒試過。」前任說。

「你試試看，很柔軟。」

前任將白貓的身體立了起來靠在自己身上，左手環抱牠的身體，右手抓住牠其中一隻前腳，貓開始掙扎起來，前任嘴巴一面安撫，一面握住貓的腳掌。突然貓大叫一聲，伸出爪子，狠狠地往前任的手背抓去。前任嚇得放開了手，貓趁這個空檔，從前任的懷中掙脫，跳下床，從門的縫隙鑽出了房間，不知道躲到哪裡去。

前任握住自己的右手，低下頭，全身靜止不動，因為被瀏海遮住了五官，他看不清楚前任是不是在哭。接著他看見血，從前任的指縫間流出，一滴一滴落在床上，在白色的床單上暈開，留下了鮮紅色的痕跡。

# 容器

陳志翔在他人的幫助下成功減肥，於是每天願意花更多的時間待在鏡子前，或許比這輩子加起來的時間都還要多。

雖然他的小腹還有一圈贅肉，但比起原先如山坡隆起的脂肪，已經瘦上許多。天熱時總會汗濕摩擦的大腿內側，如今已有了縫隙，總算不再長濕疹。然而美中不足的是，胸部還是微微隆起，那是他最在意的地方，總是不敢穿過度合身的衣服，害怕胸前會像是長了女性的乳房。

他從國小開始便被取了不少難聽的綽號，巨乳、肥臀、象腿。最恨一次，是國中時。被老師叫上台解數學題，背後莫名傳來陣陣笑聲，令他芒刺在背，他不斷回頭想找出原因，卻完全摸不著頭緒，老師開口制止大家，笑聲變小卻未停止，只讓場面變得更加尷尬。他題目解得一塌糊塗，幾行算式被老師畫掉了一半，中間開始就錯得離譜。回到座位他發現桌上放了一張摺起的紙條，打開是一幅潦草插畫，畫中是他。原來他久坐後站起，運動短褲陷進了臀部肉裡，背對著同學們，被看得一清二楚。在那張畫裡，他的屁股變成了一張臉，正在吃著褲子。

陳志翔記得當它手中握著那張紙條，心跳快到彷彿正在激烈運動，牙關咬緊，全身都在發抖。畫這張紙條的人，陳志翔在前一天的美術課，還曾稱讚過他使用水彩的技巧，那人也回了謝謝。隔日這藝術創作的技巧，竟成為了傷害他的工具。一直到下課，陳志翔都還沒冷靜下來，他坐在位子上，雙眼凝視著前方，手中緊抓紙條，來回撥動邊角，翻來覆去，好想將自己的人生也這樣翻頁，跳過永遠只會踐踏他的青春期，到一個他已經變瘦、變好看，或是沒有人在乎他外型的世界。

有個男孩看他狀況不好，湊過來，坐到他身邊試圖安慰他。他說大家並無惡意，只是開玩笑，沒想這麼多。陳志翔沒有回話。那時班上同學已認定陳志翔喜歡男生，於是男孩又接著說，他覺得胖也沒有什麼不好，如陳志翔的胸部，說不定這樣更像女生，有些男生會喜歡。陳志翔終於抬頭，他瞪著那個男孩，一聲不吭地瞪著他，直到男孩尷尬離開。

這世界笑話完他之後，竟然還要憐憫他。

陳志翔在心裡詛咒這些人，希望他們放學回家就被車撞死，若他們沒死，陳志翔有一天也要變成作家，在作品裡將與他們同名的角色，一次一次寫死，死得越慘越好。

長大以後，陳志翔讀一個跨性別者的自述，那人原本是生理女性，最終動了手術成為男性，回想那些不得不當女人的日子，那人說有時恨極自己的身體，甚至拿起桌上美工刀，想將自己的胸乳割除，「若非怕痛，我早就做了。」那人咬牙切齒地這樣說。陳志翔讀著這些段落，幾乎要落淚，在遭遇那些有無惡意的訕笑時，他也有過類似念頭，對青春期的他而言，身體真是最大牢籠。他曾計畫自殘甚至自殺，卻一項也沒真正執行過，並不是因為轉念或自我愛惜，而只是膽小。他既看不破，也無足夠勇氣從這狀態裡解脫，這令他更加感到自己是個窩囊廢，加倍看低自己。

他當然也嘗試過減重，因為不擅長也不喜歡運動，只好每日少吃一餐，或是每餐只吃六分飽。然而不知是體質或是方法錯誤，他總是減個一兩公斤後便停滯，幾次瘦身計畫的終局，都是某日陳志翔被體重計的數字擊潰，大吃一頓後，又因感到前功盡棄，而全盤放棄。

陳志翔因這些煩惱，尋求過許多幫助，專業如學校輔導室，親近如父母。大家勸他的，不外乎是說他好手好腳身上沒有病痛，應當知足，而且人的智慧與善良、能力與才華，才是真正重要，能夠吸引別人與他接近的關鍵。陳志翔當然知道那是真的，可他並無什麼突出的特質，也不感到自己善良。就算真得到別人的敬重，也與他所追求的不同。他所渴望的，是有人慾望他的身體，有人對著他的身體勃起，有人幻想自己能成為他。

陳志翔的父親中等身材，母親則身材微胖，從臉到腳趾頭都是圓潤的形狀，他的身材或許就是遺傳自媽媽。媽媽總是待人有禮，個性外向樂觀，到哪裡人緣都非常好。陳志翔對於童年最深刻的印象，就是客人來家裡作客，大家多疼愛胖嘟嘟的他，捏著他的小臉蛋，說他像極了媽媽。捏著捏著，好像要將他捏成另一個形狀。

託媽媽的福，陳志翔曾經是快樂的孩子，擁有快樂的童年。直到他上了學，發現胖完全不是什麼好事，媽媽多次為了他和同學間的衝突而到學校，有時是陳志翔真的被欺負，有時則是陳志翔被同學們無關緊要的言行激怒，憤怒地罵人或大哭。

他的快樂越來越少，媽媽的快樂也越來越少。有一晚，陳志翔發現媽媽在臥房流著眼淚，她想到兒子痛苦，感到自責，畢竟這具身軀是母親給他的，曾經的幸福和羈絆變成原罪般的存在。陳志翔也哭了起來，兩人抱頭痛哭。媽媽冷靜下來後，要兒子切勿輕賤自己，說等他長大，身邊人都成熟了，不會再有誰笑話他，而他會遇見真正愛他、珍視他的情人與朋友。陳志翔感覺自己真不孝，他害媽媽哭了。其實他在學校還是有不少朋友，並沒有經歷嚴格意義上的霸凌，那些玩笑雖然惡劣，但本意也不是真要傷他到什麼地步。

他發現，他就是自己痛苦最大的來源。只要他能如那些大人所勸他的轉念，一切狀況都會迎刃而解，媽媽也不用淚流心傷。

但真有這麼簡單就好了。

陳志翔一直希望能夠像媽媽說的，等到長大成人後，情況皆會好轉，然而現實卻沒有這麼單純。確實等到陳志翔上了大學，而後出社會，粗暴的對待不再明目張膽地出現，取而代之的是堅固的界線。

陳志翔上大學後，從升學主義的桎梏中解放，進入了一個全新的世界。他不再受困於書桌前那些重複又毫無意義的試題，也不需要糾纏於一個班級三十幾人，你來我往、永無出路的人際關係裡。終於，時間鬆綁了，空間鬆綁了，他可以跨出那個靜止的密室。

那幾年智慧型手機開始普及，他便學著用交友軟體，卻始終抓不到要領。究竟要放什麼樣的照片、製造什麼樣的情懷，衝浪、讀書還是攝影，如何才能讓別人想要多認識你一點？開場白要用什麼語氣，說嗨以後，先胡亂找話題還是單刀直入？陳志翔看見圈子裡的朋友在相同的遊戲場域裡如魚得水，交換性和戀愛的對象彷彿聽音樂時按下隨機播放，一首一首地來。而他夢寐以求的約會，卻持續停滯在對方的已讀不回中。

「抱歉我拒胖喔，簡介有寫了。」在他說了嗨以後，一個男孩這樣回應他。照片裡的他戴著眼鏡，手持一台單眼相機，朝遠方的夕陽微笑。陳志翔原本以為他們聊得來的，男孩的簡介裡頭寫著自己喜歡村上春樹和是枝裕和。陳志翔再往下滑，最後面原來還有一句「不喜歡胖的喔，抱歉。」後頭加了一個頭上冒冷汗的表情，以表示誠摯的歉意，或是胖子們如何給他造成困擾。陳志翔不知道是他漏看了這個句子，或是那男孩為了讓他看到才加上的。

於是陳志翔發現，他無法掌握的遊戲規則，根本不是訂給他的。

直行橫列，一一展開的照片，讓他聯想到那種將展示櫃分隔出租給不同賣家的商店，立方格緊鄰著立方格，裡頭擺放著不同類型的商品，而陳志翔是裡頭賣相最差的。

陳志翔的一個朋友，為他的遭遇感到憤恨不平。那個朋友為人所知的稱號叫作K，陳志翔和他在大學的迎新活動上認識，成為了要好的朋友。那幾年K藉著臉書上發表的各種性別論述，擁有了一點知名度，走在路上偶爾會被陌生人認出。

K對陳志翔激動地發表演說，說在簡介中寫下這些聊天的前提，根本就不是什麼擇偶條件，完全就是歧視。K好生氣，在空中揮舞雙手。陳志翔並沒有非常專心聽K說話，但他內心多少得到了一些寬慰。

其實就算他完全理解K在說什麼，也學會去輕視那些人的做法，生活裡所受的打擊不會因此而減輕。痛還是痛，傷還是傷，他只能學著習慣。

人生至此，陳志翔性格裡原先用來對抗世界的利角和粗糙面，早已被磨礪得平滑，甚至軟弱。他不想再花力氣憤怒、失望，只能努力去接受世界的面貌。而儘管這巨大的星球多容不下他，他依然抱著平凡的心願，期待著終有一天奇蹟會發生，他能夠和某人在某處相愛，安靜生活。

陳志翔曾經想殺掉自己和別人，但此時此刻他多心平氣和。

他就這樣長大了。

幾年過去，陳志翔並非從來沒有過對象，但都沒有立下承諾，也都不長久。他與那些人在網路上認識、聊天，行禮如儀地約會，行禮如儀地做愛，行禮如儀地漸行漸遠，甚至連分手的句子也不必，只要某方回覆另一方的時間間隔愈來愈長，識相的人便也不會自討苦吃，自動退場。

初吻和破處的對象，都不是什麼值得在生命裡記憶的人，進行時心中沒有任何悸動，結束後只有悵然若失，他感覺別人當成禮物的寶貴經驗，被他賤價賣出了。

陳志翔和K一直是朋友，多年下來，他也因為K廣闊的交友圈，認識了各式各樣相同身分，但成長經歷大相徑庭的人。歷經人事，他理解到這世上所有人都是自卑的，只是自卑的方式各有不同。

有像陳志翔這樣變得無悲無喜的。

有人積極求愛、有人積極做愛。

有人虛無、有人憤怒、有人清高。

甚至連K這樣受歡迎的人也是自卑的。

和K認識一陣子之後，陳志翔便發現，只要有人向K分享自己對時事或是某議題的看法，K總是會立刻回說「我不這樣認為」。K有時會故意在團體裡的其他人紛紛點頭表示贊同後，才說出相反的意見，如此一來，他便可以立刻反駁所有人，將他們都化為聽眾，成為話題的中心。

K非常急於表現自己在思考上的機智和慧詰，努力尋找有靈巧切入點的論述，有些言之有物，有些聽來牽強。儘管陳志翔認為團體裡所討論的，大部分都是雞毛蒜皮的瑣事，但大家總是會當成嚴肅的哲學問題。陳志翔只管聽，從不發表意見，就算K會罵他對世界沒想法，他也一點都不在乎。

陳志翔不知道為什麼K如此害怕有人認為自己思想平庸，彷彿對「愚蠢」兩字過敏。但他接受K這個樣子，因為K的確告訴他許多原本不知道的事，而且K是他人生迄今維繫最久的朋友。

二十八歲那年，陳志翔和K那群朋友站在同志大遊行的隊伍裡。他手中舉著牌子，上頭寫著標語：「先愛我的靈魂，再愛我的軀殼」，那句話來自陳志翔自己，但其實算是K逼著陳志翔想的。遊行開始前一起午餐，有個朋友買了材料來，一群人便在速食店臨時發想要寫些什麼，塗塗抹抹在壓克力板上。

K問陳志翔有什麼想要「表述」的，陳志翔想了一下才支支吾吾說，喔那我希望大家能先跟我好好認識，不要因為我胖就立刻拒絕。大家從他句子裡找關鍵字，拼湊出這兩句話，不是多有創意，但至少聽起來有押韻。

他們隨著人群前進，接著陳志翔聽見有人喚他。

志翔？

他轉過身去，看見最近工作時經常聯繫的窗口，他們僅在會議上見過兩次面。曾經交換名片，此時此刻陳志翔卻想不起來他的名字。那人看著陳志翔的表情，約莫猜出陳志翔忘了自己，便自我介紹，連公司背景也一併說了。陳志翔連忙說，當然記得他，只是沒真的喚過名字，一時之間便叫不出口。

「喔，那叫我威利，比較好記。」

「威利。」

「是工作的名字。」

「工作的名字……我沒有工作用的名字。」

陳志翔腦袋裡的念頭車禍一樣地撞成一團，他緊張地說不出話，只能重複威利的句子。威利瞄了他手上的牌子，那標語擋在兩人之間，陳志翔望見他的眼神，差點將之羞愧藏起。

威利對牌子上的內容沒有說什麼，大概是看見陳志翔頭上因緊張冒出的汗珠，微笑說，改天再一起吃飯吧，便轉身跟著朋友離去。

威利的臉雖然不到模特兒的精緻，但好看的程度，路上擦肩經過也足以回頭了。於是陳志翔的那些朋友簇擁上來，好奇打聽威利的背景，「怎麼認識的」、「他幾歲」，陳志翔驚魂未定，反射性地回答著，接著一個問題喚醒了他，「他是嗎？」

幾次工作上的相遇，陳志翔確實有注意到威利的外表，但從未在他身上聞到過同類的氣息。陳志翔這方面直覺就較弱，工作場合又更加將它關閉了。今天在遊行遇到威利，並不能真的代表什麼，異性戀也可以參加遊行，K甚至說，異性戀更應該參加遊行。

反正無論威利是什麼，於陳志翔而言都無所謂。他一點也不感覺這個故事會有後續，甚至連威利的邀約，大概都只是因體貼而說的客套話。

然而遊行結束，陳志翔一出捷運站就遇到了威利，兩個人住得並不遠。威利笑著說，那不必等改天，我們現在就去吃晚餐吧，陳志翔點點頭，威利便領著陳志翔到餐廳去。

日後陳志翔想起那天遭遇，都感覺是有人精心安排的，像是上天終於開眼，願意補償他這幾十年來所受的委屈。

跟在威利後頭，看著他的背影，陳志翔突然感到害怕，在此之前他從來不知道，原來好的預兆一一浮現時，人竟然會感到害怕。他不知道等在前方的將會是什麼，甚至有想掉頭逃跑的衝動，但只要看到威利轉頭對他說話的眼神，他就哪裡都去不了。

兩人抵達一家平價的日式定食，假日人潮多，還排了十分鐘才輪到他們入座。店內窄仄，陳志翔和威利兩人並肩坐在吧檯區用餐，手臂的距離大概只相隔五公分，不時還會碰到彼此。他們從工作聊到學生時代，發現兩人竟然是讀同一所國中。威利立刻從手機相簿中找出了自己國中的照片，十四歲的威利和現在相差不大，同一個五官的青少年版本，從小就是好看的人。陳志翔毫無印象在學校見過這個人，國中時他忙著自傷身世，沒有時間去跟其他班級的人社交。

用餐過程中，陳志翔一直努力將自己縮小，怕自己肥胖的身體會超過兩人座位的中線，冒犯到威利。而他卻又因為過度緊張，頻頻喝水，一頓飯吃下來，竟起身去了廁所三次。每次從座位的高腳椅下來時，都免不了要與威利擦過肩膀，這令他感到羞愧不已，彷彿他的身體不該碰到威利，這是一件被禁止的事情。

終於吃完飯，要去結帳時，威利首先離開座位，當他側身從兩人之間的縫隙走出來時，其中一隻手，搭了陳志翔的肩膀。陳志翔知道那只是為了平衡而支撐，但那短暫的觸碰間，他卻感覺到他的身體被接受了，那感覺如此確實，他確信威利是要傳達什麼訊息。

兩人交換聯絡方式後，在巷口道別。轉過身去邁出步伐時，陳志翔有種奇異的感覺，像是一朵花的枝葉在心裡蔓延，像是他的身體被輕輕舉起。陳志翔微笑，他知道了，那就是快樂。他本能地用手掌壓著胸口，想要把這份感受深埋進心裡。

之後上班，威利會和他傳著訊息聊天，抱怨工作、討論電影和音樂，發生地震時，威利甚至立刻發來訊息關心陳志翔。後來幾次在工作上遇到，威利看著他的眼神，都彷彿他們共同保守著什麼祕密，甚至連同事都忍不住發問：「咦，你們認識呀？」

威利個性像是一隻大狗，待人處事沒什麼心機，陳志翔不需要什麼細膩的猜測，就知道威利對他有所好感，而陳志翔非常珍惜這樣的感覺。他們單獨見過幾次面，某次看電影，威利牽了他的手，接著走出電影院時就和陳志翔開口，確立了關係。

過了幾週，他們在威利家第一次做愛。當威利要將陳志翔的上衣脫掉時，陳志翔反射性地拉住了衣服不讓他脫，他看著威利赤裸的上身，害怕被這樣美麗的身體擁抱。但威利看著他說，沒有關係。眼神如此誠摯，像是真心渴求他的身體，陳志翔便被說服了，將自己的身體赤裸地擺在威利眼前。結束後睡在一起，陳志翔背對著威利安靜哭了起來，他等待一生，被人所愛的悸動終於降臨到他的生命中。

交往幾個月後，威利的租屋處到期了，在威利的邀約之下，兩人便開始準備同居。回家告知父母要搬出家裡的那一天，媽媽難掩心中的欣喜。她經歷陳志翔的成長階段，到後來陳志翔向她出櫃，媽媽其實心中都已經悲觀地做好預備，陳志翔或許此生不會有伴侶，將會孤獨終老，因此自己得要好好健康地活著，能陪這個兒子多久便是多久。沒想到陳志翔回到家竟帶來好消息。

稍晚，媽媽背著毫不知情的爸爸，來到陳志翔的房間。媽媽問是誰，陳志翔如實以告，講到一個段落，媽媽便喃喃地回應：「好，這樣很好。」最後她對於這段戀情給予的回應，是要陳志翔好好珍惜，說完之後甚至泫然欲泣，彷彿要出嫁女兒，把陳志翔都給逗笑了，陳志翔笑著說，「別高興得太早，未來的事都還不知道呢。」不假思考說出這句話，反而把陳志翔自己嚇了一跳。

相較於過去約會時百般經營卻還是失敗，這次與威利的經驗，簡直順利得讓陳志翔感到不踏實。他想起第一次與威利吃飯的那個夜晚，跟著威利的腳步，那種惶恐的感覺，於是開始懷疑，他現在經歷的幸福都是陷阱，前方等待著更大的失落。這念頭一產生，他就無法避免地害怕起來。如今他已經知道快樂是什麼，若有一天威利決定要離開他，他已經沒有辦法像過去那樣淡泊地活，他將終日活在失去威利的痛苦中。

陳志翔這輩子第一次談戀愛，他發現被人所愛既是祝福也是詛咒。

兩人順利搬進新家，當他們總算將各類物品安頓歸位，坐在客廳討論要吃什麼晚餐時，陳志翔脫口而出了他這段時間日夜思考的問題：「我這麼胖，又不好看，你為什麼還要跟我在一起？」

威利愣住了，他沒有立刻回答，一時之間，空間裡只剩安靜。

沉默讓陳志翔陷入極深的恐懼，他接著把臉埋進膝蓋大哭了起來，掏心嘔肺的哭法。

威利慢慢地移動身體，來到他的身邊將他摟住。威利問：「所以你才不將衣服脫掉嗎？」他指的是他們兩個一起過夜的第一個晚上，原來威利記掛著這件事。

陳志翔滿臉淚水地點頭，威利將他的身體摟得更緊了。

那天，陳志翔對威利說了許多，他從小到大的經歷，他如何痛恨自己的身體，陳志翔為自己的咬牙切齒感到驚訝，他原以為過了這麼多年，這些恨意早就被時間給沖走了，但它們只是被收進了意識的深處。

威利靜靜地聽著陳志翔說著，用他們一起買的咖啡壺泡了咖啡，冒著熱氣的杯子遞到陳志翔手中，他緊緊握著，像是握著一個勃勃跳動的心臟。威利告訴陳志翔：「我喜歡你，是因為我喜歡你，我無法回答不是因為沒有原因，而是因為這不需要原因。」威利小心翼翼地說，這是他深思熟慮過後的答案，但他依然害怕若回答錯誤，會刺痛陳志翔的心。

威利的顧慮並非毫無道理，陳志翔對這個答案並不滿意。陳志翔知道他應該要為威利的告白感動涕零，但他更希望威利講出一個明確的事物，讓他今後可以緊抓著不放，盡力維繫他的籌碼，起碼心裡有個依託。威利看出陳志翔心中的結沒有解開，於是他說：「如果你很介意，我願意幫你，我們一起努力。」

威利做足了功課，非常積極地協助陳志翔減重。他帶著陳志翔上健身房，為陳志翔訂定每週進度，教導他如何正確地操作器材、使用肌肉。威利甚至開始下廚，他為陳志翔擬定菜單，烹飪低醣減脂的料理，並細心為他準備每日的便當。日常飲食切換成減重模式，陳志翔一開始感到食之無味，非常不習慣。威利為了鼓勵他，也和陳志翔一起維持這樣的飲食，令陳志翔感到非常窩心。

在威利的鼓舞與鞭策之下，陳志翔真的一點一滴地瘦了下來，儘管緩慢，卻讓陳志翔生平第一次感受到自己的身體有其他的可能性，他甚至有著錯覺：多年以來，他的身體都被某個壞人占據著，而他正在努力將身體從那人手中奪回。

一段時間後，陳志翔的那群朋友開始嚷嚷著為什麼他搬了新家，卻沒有舉辦喬遷派對，陳志翔才在週末把大家邀來了家裡，訂了外食，買了酒，算是對團體有交代，也終於有個晚上能解禁吃些高熱量的食物。

眾人為陳志翔的改變驚豔，還談不上標準身材，但十公斤減下來，也有明顯的差異了。他們非常積極地想要認識威利，整個晚上與他聊天，詢問他的身家背景，甚至開起過火的玩笑，時不時吃威利豆腐。威利會露出害羞的樣子，他們看見後更樂了。

陳志翔從他的態度中，深深感到一種勝利的喜悅，他知道朋友們正在羨慕他，羨慕他的幸運和正在進行中的蛻變。那種喜悅膨脹開來，讓他的內在無比充實，他坐在一旁拿著酒觀察每一個人的表情。

在這歡樂和諧的氣氛中，卻有某份不協調。平時最愛發言的K，整個晚上異常寡言，坐在一旁滑手機。K的安靜成為了陳志翔心底的一根刺，令他無法真正開心起來，猜想著K又有什麼反駁眾人的高見。

散會後，陳志翔立刻傳了訊息給K，內容是關心，但情緒卻是憤怒，他不明白K作為他多年來的朋友，為什麼不能就這麼一次成全他的快樂。

K毫不客氣地回應，訊息長度幾乎是一封信，內容相當直接，大意是：K認為陳志翔根本不是照著自己的意志在生活，遇到了一個帥哥願意跟他在一起，便輕易地接受，不去思考是否真的愛對方。突然煞有其事地開始減肥，也讓K很厭煩，多年來K一直鼓勵陳志翔對原來的樣子有自信，現在陳志翔只是在追求某種幸福快樂的版型，將自己套入。

讀完以後，陳志翔氣憤至極，但他沒有回任何文字，他不願再去引起爭端。陳志翔告訴自己，這就是他和K的不同，他寬容、他待人敦厚，他知道生而為人的難處，他不會像K那樣用永無止境的質疑，對別人的選擇指手畫腳。

接著好長一段時間，陳志翔沒有和K聯繫，不僅如此，他連剩餘的社交活動都不太有興趣了，他開始對必須和別人交代自己的近況感到很厭煩。好幾個月過去，陳志翔和威利過著單純的兩人生活，作息規律地工作、運動，吃健康的食物，每日早晚詳實地記錄自己的體重。

終於，像是等待許久的奇蹟，陳志翔瘦了下來，距離他的目標體重還有一段距離，但已經是一個脫胎換骨的人。原本的衣服變得過度寬大，穿起來空蕩蕩的，他滿心喜悅地添購新衣，每天洗完澡都裸體站在鏡子前，細細品味這個全然陌生的身體。端詳鏡子裡的自己，他覺得一切值得了，那些汗水、時間、健身房月費還有難吃的雞胸肉，許了他一個不一樣的人生。

他想，那下一步就是變壯。他都瘦這麼多了，為何不再繼續努力一點，練出像威利一樣的精實線條？這段時間儘管瘦了，他還是經常問威利自己是不是太胖了，威利總是回答陳志翔已經很好看了，陳志翔不相信，於是反覆再問，直到威利不耐煩，拒絕回答。

某個週末天氣好，威利說總是在健身房太悶了，邀他一起去爬山。前往目的地的公車上，剛好剩兩個沒有相鄰的座位，於是他們短暫地分開。經過幾站，陳志翔身邊的乘客換成了一個肥胖的少年，目測是高中生年紀，背著厚重的書包，或許是要去哪裡補習。外頭豔陽高照，那少年是追趕著公車上來的，一坐下來，陳志翔就感覺到他身上的熱氣，以及隨之而來的汗臭。

陳志翔憋住了氣息，只敢淺淺地呼吸，他將一隻手的手肘撐到窗戶邊，假裝在托腮，但用手掌不著痕跡地蓋住了自己的口鼻。那種又酸又鹹的味道，一瞬間掀起了他對於國高中的回憶，那時候教室裡總是充斥著這種味道。那少年其實也發現了自己造成了他人的困擾，一直縮著自己的肩膀，但碩大的身體卻無法避免地超越兩人的中間，大腿甚至直接貼在了陳志翔腿上，讓陳志翔感到很不舒服。

憋氣忍耐許久，少年終於下車。原本在打盹的威利，轉頭發現陳志翔身邊空了下來，便挪了過去。陳志翔和威利分享剛才的遭遇，他說：「好險我已經瘦下來，不然就會跟他一樣了。」

威利聽了以後非常不高興，疾言厲色地對陳志翔說：「你怎麼會說這種話？」接下來便板起臉來。他們過去雖有過爭執，但威利頂多露出不耐煩的表情，不像這次真正動怒，讓陳志翔不知該如何安撫他。到登山道上，威利都還是悶悶不樂的樣子，他步伐飛快，陳志翔在後頭氣喘吁吁地追著。直到追不上了，在後面大喊他的名字，威利才放慢速度，等著陳志翔一起上山。

兩人坐在休息點的長凳上，威利開口問陳志翔帶的水還夠嗎，才終於開始了交談。沉澱以後，威利看著陳志翔，相當認真地說：「我懂你的遭遇，但你這些想法會讓像你一樣的孩子，甚至於你自己更不快樂。」

威利終於肯和他溝通，陳志翔拚命道歉，直說對不起。威利知道陳志翔並沒有理解他想表達的，嘆了一口氣接著說：「你對外表這麼執著，我有時懷疑如果我長得不好看，或你遇到更好看的人，還會和我在一起嗎？」沒等陳志翔回答，他便站起身，往下山的方向走去，擅自決定行程的結束。

陳志翔跟在威利身後，他曾經覺得威利的個性像大狗，但他才是始終跟隨威利步伐，一隻忠誠的狗。他不明白威利問的問題有什麼意義，威利不就是他唯一的可能性嗎？難道他還有其他選擇？像威利那樣好看的人，也會擔心陳志翔離開他？

他們慢慢往山下走，一陣風吹過來，陳志翔聞到自己身上也發出了汗味。

陳志翔與威利照常生活，表面上沒有什麼不同，但陳志翔卻感覺到威利的心已經不再向他全盤地打開。那是一種很隱晦的預感，就像是耳鳴，無法確定是否真有聽見不協調的聲音。

太久沒與朋友們聚會，陳志翔被冠上見色忘友的名聲，他只好宣稱自己是閉關瘦身。週六夜晚，他久違地和朋友相約去了夜店，同時也是為了短暫逃避威利。

當他出現時，眾人發出比上次更誇張的驚呼，久未見面，他們幾乎認不出陳志翔。人變瘦了以後，更樂於買新衣，因此陳志翔除了身材，連穿著都改變許多，完全是改頭換面了。另一方面，令陳志翔驚訝的是，K也加入了誇讚他的行列，彷彿他們從沒有過中間音訊全無的空白。陳志翔理解K是在用這種方式來求和，事過境遷，他也早已忘了為什麼需要生氣。

大家買了酒，氣氛熱絡下很快就喝得微醺，一一拉著跑進中間舞池跳舞了。陳志翔某一刻發現，桌邊只剩下他和K，於是他便明白，朋友們是在製造機會讓他們和好。他倆先聊了一些尋常的話題，是K先道歉的。

「我可能是有些羨慕你，但今天看到你，我是真心為你開心。」K說。

K願意服軟成如此，陳志翔真是第一次看見，他才體悟到，對K來說他確實是重要的朋友，在心中發誓今後無論發生什麼事，都不要再和K冷戰了。他抱住K並告訴他：他一點也不介意，他知道K是擔心他。話才說完，K又恢復成平常倔強的樣子，把陳志翔給推開，大叫少噁心了，兩人大笑，恩怨一筆勾銷。

K問起陳志翔與威利的近況，陳志翔腦海閃過最近的爭執，但他避重就輕地回答，說一切如舊，沒什麼變化，就像老夫老妻。K說那就好，但接著意味不明地問了一句：「那你是先愛他的靈魂還是軀殼？」陳志翔愣住，以為K有讀心術，K瞇著眼睛笑，然後陳志翔才理解到K指的是他與威利相遇時，手中舉的標語。他不知道如何回應，但K沒要他回答，拍拍他的肩膀，兩人一起把酒給喝光了，K便抓著他往舞池裡去。

他們在音樂中搖擺，運動加快了酒精的作用，陳志翔的身體熱了起來，但他卻感到從未有過的輕盈。世界旋轉晃動，他將雙手舉起，跟著心跳的頻率，從震動的地面奮力跳起，一次又一次，享受著新的身體所帶給他的自由。

有個身體離他好近，陳志翔以為是朋友之一，於是往後靠去，但那人的雙手隨即抓住了他的肩膀，將他轉過身去。陳志翔看見一張全然陌生的臉，高壯的男人正對著他跳舞，他的五官立體、長相精緻，在燈光的閃爍下，男人的臉有了抽格的效果，陳志翔的意識瞬間彷彿不在現場，像是他從遙遠的某處，看著一齣迷幻的實驗電影。

男人一手扶住陳志翔的後背，將兩人的腹部靠在一起，接著將臉頰也貼了過來。男人的嘴唇不斷碰到陳志翔的耳朵，而他分不清那是不是在親吻。一切雖然發生得唐突，但陳志翔沒有停止跳舞，兩腿之前有什麼明確的事物告訴他，這個男人正慾望著他。

這就是被劃定在規則裡的感覺嗎？陳志翔過去在夜店從來沒有過類似的經驗，他看著男人如此熱烈的眼神，深深明白，他終於不是貨架上賣相最差的了，從今而後，還會有更多的人想要他。

男人的手掌移到了陳志翔的後頸，兩人開始接吻。節奏聲隨著吻規律地持續著，那像是一個不用結束的、無限的吻，陳志翔因為稍微的缺氧而眩暈，他甚至可從男人嘴裡的味道，分辨出他剛剛喝了哪一種調酒。不知多長時間，陳志翔才睜開眼睛。

他看見K正盯著他看，但已經離他好遠，K正從舞池撤退回他們的桌區。陳志翔將吻結束，他輕輕地推開男人，穿越人群，搖晃地往K的方向走去，他一直被人給擋住，走得極慢，兩人終於在桌前再次面對面。K什麼也沒說，只是看著他，表情裡面空無一物，陳志翔無法讀出任何訊息。

「我醉了。」陳志翔說。

「我知道。」K這樣回應，一樣，連譴責也沒有。

「我想回家了，威利不希望我太晚回去。」威利什麼也沒說過，但陳志翔脫口而出這句話，講第二句的時候聽起來像是要哭了，不知道被什麼傷了心。

K抓住他的手，往出口走去。踏出門時，瞬間消失的音樂讓陳志翔清醒過來，剛才在裡面發生的事彷彿被切割開來，一瞬間就與他無關。環境的安靜讓他的耳膜隱隱作痛，他們沉默地站在路旁，沒有任何互動。陳志翔突然很想吐，但他決定忍了下來，直覺告訴他，若他此時吐了，便會尊嚴盡失。

終於一輛計程車開了過來，K招手，把陳志翔像一件行李那樣安置到車裡。陳志翔含糊地報了地址，車子向前開，隔著車窗，陳志翔揮手向K道別，K也揮手。陳志翔不敢細看他的表情，他現在反而怕會讀出什麼來了。

當陳志翔回到家時，威利已然上床睡了。客廳一片黑暗，他們兩人的家極度安靜，只有陳志翔的呼吸，和建築物本身的細碎聲響。陳志翔走進臥室，帶著酒氣鑽進床裡，房間開著冷氣，但被窩裡非常暖和，包裹了威利的體溫。

他從威利的身後抱住他，威利牽住他的手，睡眼惺忪地回過頭看他。「好玩嗎？」威利問，但陳志翔沒有回答。「要去洗澡嗎？」威利問，但陳志翔沒有回答。

「你好臭。」威利這樣說。

威利翻過身去，決定不再管了，便又要漸漸睡去。陳志翔抱著他，非常溫柔地將手伸進他的上衣裡，不帶情慾，而是以一種近似於愛的方式，摸著威利腹肌的線條，一道一道摸下來，萬分仔細，像是盲人在閱讀點字。

寶貝。

嗯。

我愛你。

嗯。

威利以夢話應答陳志翔的告白，溫柔的鼻音像是動物示好時的叫聲。陳志翔緊緊地抱住威利的身體，將臉埋進肩胛骨之間的凹陷。

我怎麼可能不愛他的靈魂？陳志翔對自己說，我當然愛他的靈魂，我擁抱的這個身體裡面就裝著靈魂。

這麼想完，陳志翔便安心地抱著這具靈魂的容器，沉沉睡去。

# 魔幻時刻

歐洲自助旅行抵達尾聲，終點站在巴黎。返家前兩天的夜晚，我和戀人在窄仄的商務旅館內收拾著行李，兩人皆因惋惜旅程即將結束而沉默不語，空間內的氣氛有些僵持，而我在此時問他是否願意和我高中時的一個朋友共進晚餐，「一個不是很熟的朋友，來巴黎念研究所，這兩天看見我傳的照片，傳訊息問候我。」我這樣告訴他，他想都沒想就答應了。我看著他低頭摺衣服的動作，感覺自己好像騙了他，因為傳訊息給L的是我。

我和L已經七、八年不見，高中畢業後，曾在街上巧遇，此後便杳無音訊。我對他的記憶仍停在上回他站在街邊，表情尷尬，想把手上的菸往身後藏的樣子。

那是大二的事，遇見L的那天，我正趕著坐車，橫越整個城市去當家教。在經過捷運站前熱鬧的街道時，我發現角落有個熟悉的身影，還沒反應過來，那人竟也抬頭看我，我只好停下腳步相認。L原本嘴裡叼著菸，看見我後，不知為何露出十分心虛的表情，將菸往背後藏去。因為他的動作，反而讓我想將這件事情指出。「開始抽菸啦？」我立刻這麼說。

「對。」他微笑，但莫名羞愧地低下頭去。同時我聞到他涼菸上傳來的淡淡薄荷味。不只開始抽菸，他還留起長髮，左右兩邊剃得光光的，紮著當年流行的武士頭，長度不夠梳到後頭的瀏海垂在眼角。「你要去哪裡？」L問我，而我如實回答。他點點頭，往左上方指去說，「我也在打工，在那邊的咖啡廳。」接著彷彿注意到我盯著他的瀏海，他熄了菸丟進巷子裡的垃圾桶，把馬尾整個拆掉，將髮圈輕輕銜在嘴唇之間，重新再綁一次頭髮。

「為什麼開始抽菸？」我問他。

因為嘴唇上含著髮圈，他停頓了一下，等到雙手拿起髮圈開始綁頭髮，嘴巴閒下來了才接話，「同事偶爾會抽。」卻只說了這句不算回答的回答。

再繼續聊下去，尷尬的氣氛或許會漸漸浮起，更何況我正趕時間。於是我揮手向他道別，往捷運站的方向快步走去。捷運穿梭通勤的擁擠人潮裡，我腦中不斷重播著L將馬尾拆掉時，頭髮一瞬間散開的樣子，那畫面如此迷人，不只是與他分開後的幾小時，這數年間，我不知在記憶中將之調閱出來，重溫過幾回。

在捷運車廂裡搖晃時，我同時也在想著，我多麼慶幸他正抽著菸，否則我想不到什麼適當的話題可以聊，而我也意識到，那幾乎是我第一次與他比較正常地單獨聊天。我對他的迷戀一點也沒有減輕，但我似乎終於跨過某個分水嶺，終於能夠從那迷霧之中，找到一個出口。

與L相識時是高一，他是我班上好朋友的舊識，某次一群人在學生餐廳吃著午餐，他突然被介紹加入。我抬起頭看見他，他不只樣子好看，渾身散發著自在的氣質，一個十五歲的少年，身在一群不認識的朋友裡，能夠那樣得體地與每個人招呼，又不會過度張揚，顯露出急於交友的迫切，一切都是那樣恰到好處。我對此人還一無所知，就這麼一眼，那一刻我明白了什麼叫作一見鍾情。

因L與我的好友關係密切，他經常出現在我往後的生活當中，而和他相處愈多，我便無法去忽視他待人時的善意、微笑時露出乾淨整齊的牙齒、以及天熱喝水時，上下跳動的喉結……種種令人難忘美好的細節。

彼時我剛確認自己的性向不久，年少時代無從辨識同伴，以為自己在廣大世界裡是孤身一人，從未對戀愛有過任何的幻想，因此也不曾考慮過自己與他的可能性。然而只要L在我身邊出現，我就會分心到無法正常應對，偶爾變得過分熱情，或是冷漠。這樣詭異的態度，讓L十分困惑，他曾透過好友來詢問我，我是否對他有所不滿，我只能尷尬否認。

當時我尚未有掩飾自己真心的能力，因而總是倉皇失措，儘管我多麼想接近此人，我卻逐漸認識到，我永遠無法在他面前適當地表現自己。因此我默默做出了一個決定，那就是只要有L在的場合，我都盡量迴避。我當時多麼幼稚，自然沒有辦法很圓滑地執行此事，L又派好友來問我，我再度否認。好友體貼，又或者只是被這樣傳話的工作搞得厭煩了，之後也沒再探詢過。

我想L以及身邊的朋友，大概都以為我因不明的原因看他不順眼，這在他們眼中非常難以諒解，因為L是那樣受人歡迎，幾乎不和任何人樹敵，有些心儀他的女孩子，甚至為他抱不平，開始有些排擠我。

我當然非常難過，但那個年紀的我有一種難以克服的恐懼，害怕因為暴露自我而遭人笑話，那樣的恐懼最終演變成一種固執的表現，我承受著這些誤會，以及無法接近L的寂寞，只為保護我那沒什麼價值的真心。對當時的我而言，這些都比在他面前出洋相要好得多。

身在同個校園，畢竟終究無法完全避開彼此，我和L偶爾還是會在路上巧遇，他維持著充滿善意的禮貌和我打招呼，我也努力用相同的態度回應。僅此而已。

然而幾次下來，我開始有了瘋狂的臆想，我懷疑L早已看穿我迷戀他的真相，他所做的一切，都只是因為他的善體人意，本能地想守護我的自尊。這令我更加感到羞愧，總是在他面前閃躲，他卻從不改變其友善態度。

這樣矛盾的關係，延續到了畢業典禮那天，眾人在走廊上來回串門子，互相在彼此的畢業紀念冊或是制服上簽名，有人從後頭喚我，是L。他拿著畢業紀念冊來到我面前，我肢體僵硬地在上頭簽了名，那簽名看起來如此陌生，一點也不像我的名字。我也將書冊攤開在他面前，他簽上名字，並在一旁寫下「期待未來有空相聚」，然後笑著說聲畢業快樂便走開。

我盯著他留下的簽名失神，感覺自己因為許多愚蠢的堅持，錯失了僅屬於年少時代的重要經驗。我既是解脫了，也是錯過了。然而我也只能看著那簽名，還有L的背影。

隔日傍晚我們與L相約在蒙馬特的餐廳門口，儘管時間已經接近六點，夏日的歐洲天光還是一片通亮。L看見我，熱情地舉手招呼，朝我們的方向走來。留長髮畢竟已是大學時期的事，如今他已將頭髮剪得乾淨俐落，簡直看起來比大學時年紀更小。

「你除了髮型一點都沒變嘛。」我說。

「我覺得你也是啊。」他爽朗地笑，接著看向戀人的方向。

「這是我男友。」我向他介紹，而戀人對著L點點頭。我並沒有告訴L與我同行的旅伴是戀人，在此以前，我想他也未曾透過任何方式得知我的性向。因此那一刻，L露出了驚訝的表情，但那情緒的起伏立刻被他壓抑下來了，L微笑朝著戀人伸出手，兩人握手。我站在一旁，想著L是否對於我高中時對他的迷戀瞭然於心，又或者這件事對他而言根本無足輕重，他壓根就沒有聯想到。

L帶著我們來到他喜歡的餐廳。我與他的話題多半是關於同學的近況，戀人就站在一旁安靜地用餐，聽著我們說話。與他談話，我深刻地感受到自己已經脫胎換骨，成為一個成熟的大人了，青少年時對他的愛意依然在心底深處發出像小鼓一樣的聲響，但我已經不再如同過去莽撞，能夠以成人的禮數，坦然地與他應對。與他說話時能夠直視他的雙眼，聽他的聲音時，能夠專注地理解裡頭的內容，意識不再飄向遠方。我為自己感到驕傲。

結束晚餐約莫八點，L帶著我和戀人來到聖心堂前，這裡是巴黎的制高點，我們三人坐在階梯上面，眺望著夕陽，白色的建築在光線的照耀下，整座城市奇蹟一樣地被染成了珊瑚色。

我坐在戀人和L的中間，而我牽著戀人的手，一句話也沒有說，我想他的心情大概與我相同，與其說是被眼前的絕美景象給震撼，更像是世上美好事物只會稍縱即逝的悲哀。若來過巴黎就知道那是什麼樣的感受，這是座亙古的城市，但你身在其中，卻總感覺時間不斷從指縫流過，努力去抓取也僅是枉然，太過美的東西終不屬於你。

日出和日落前的這段時間，在攝影的術語裡稱作「魔幻時刻」，因為角度較偏斜，太陽的直射光減少了，光線也因此變得更加柔和，緯度較高的地區，這樣的時刻會延續得愈久，我因此非常羨慕歐洲人，能夠有這樣長的時間體驗魔幻。

我轉頭望向L的側臉，他的眼睛直視著遠方，微笑的嘴角在臉頰上擠出淺淺的酒窩，我們都要三十歲了，他依然有一種無可奪去的男孩氣息。他注意到我的視線，也轉過頭來與我相望，接著看見了我與戀人相扣的手掌。我輕輕地放開了戀人的手。

「沒關係啦，我不介意。」L用開玩笑的語氣這樣說。

「畢竟人在外頭，兩個男人牽手，我還是不太自在。」我回答他。

「是嗎？我覺得沒關係。」說完，他又轉過頭去，望向城市的中心。「真美。」他說。

「嗯，真美。」我如此附和，說完我立刻感受到一種熟悉的悲哀，十八歲那年，L從我面前走開的那一幕彷彿又重現在我的眼前。

隨著時光流逝，光以眼睛無法捕捉的速度消逝離開，天空漸漸暗了下來，取而代之的是城市的燈火浮現，在遠方閃爍，景象徹底令人心碎。一陣強風從山坡下吹了上來，我更加感到悲傷，因而下意識地捧著了自己的胸口，戀人誤會我覺得冷，轉頭對我說，我們回去吧。

L聽見我們的對話，便站起身準備要走，他家住的方向必須和我們前往不同的地鐵站，便在那裡和我們道別。L說了些保重、有空再約，不知為何聽起來訣別意味濃厚的話，然後往前站了一步，擁抱我。那是我與他這輩子最近的一次距離，我也伸出雙手拍拍他的背，一秒以後我們分開，我的身上彷彿沾染了他的氣息。他對戀人做了相同的事，然後揮揮手，頭也不回地往他的方向走去。我又一次，也許是最後一次和L道別。

「我們呢？回飯店嗎？」戀人問我，我無法再多承受這樣的風景，便亦步亦趨地跟著他的步伐，一階階走下樓梯。

就在這不斷往下的過程間，我向戀人說了L在我心中的意義。

「其實我猜到了。」我問他不生氣嗎？戀人說，如果我瞞著他的話，他可能會滿生氣的，但我都帶他一起了，這畢竟算是完全的坦白，或許我有些問題需要他陪著我解決。我點點頭，有些感動。

「我只氣這個。」他停下腳步，將手伸了出來。他指的是我在L的注視下，放開他的手。於是我將他的手給接了過來，牢牢握住。

回程的飛機上，我坐在靠窗的位子，半夢半醒間我掀開了窗簾的縫隙，正好看見日出前的一刻，雲從紫色，漸漸變化成粉紅色，中間的過程充滿了各種顏色的細節，每一段都極美。我又再度被珊瑚色的光籠罩著，而我不再為這風景感到悲哀。

# 專訪

# 小說的視覺在讀者腦中，時間在讀者手中
## ——鍾旻瑞與《觀看流星的正確方式》

孫梓評

第二次見鍾旻瑞，約在有貓的咖啡館。上一次應是二〇一五年秋天，現場公布名次的頒獎典禮，鍾旻瑞跟媽媽、姊姊，一齊出席領獎。簽到後，工作人員為他別得獎者胸花，媽媽小小聲要他穿上備好的深藍色襯衫，笑起來有點靦腆的男孩也小小聲遞出回答：「現在很熱欸。」因為擔任決審會議紀錄、預知比賽結果的我，望著瘦瘦高高、厚厚瀏海、黑色方框眼鏡的他，心想真奇妙，再過一小時，這未滿二十二歲的男孩就將獲頒短篇小說大獎，而此刻，他還不知道——那樣的瞬間，大概像，他變成了小說人物，而我是寫作的人。

正午咖啡館，貓三匹，鍾旻瑞現身。近四年時間，他從學生身分離開，又將前往另一學生身分。完成畢業製作短片，在籌製文學紀錄片的公司打過工，到歐洲待了一年，回台

灣後工作，拍了廣告與短片〈辮子〉，把得獎小說〈泳池〉奪胎為一齣短片劇本，找好演員與監製，等待資金開拍。看上去還是非常高，據說體重游移，換了副圓框眼鏡，男孩模樣仍然。當必須回答突如其來的抽象問題，他慎重猶豫，「有時我的嘴巴追不上我的腦，不是我想得有多快，而是把思考組織成語言的時間太久了。」如果還得一邊咀嚼泰式辣味豬水波蛋，畫面將忽然卡通可愛：「我好手忙腳亂喔，因為我不會左手用叉子。」

獲獎後將近四年，他交出第一本短篇小說集《觀看流星的正確方式》。

★

《觀看流星的正確方式》收錄鍾旻瑞十七歲迄今所寫二十篇小說，短僅數百字，長達萬餘字，參差交錯，依故事人物年紀漸增的排序，致敬海明威《尼克亞當斯故事集》。做為一名早慧創作者，鍾旻瑞寫作始於「無名小站」。「國中時雖然還沒有完成作品的概念，」但已被村上春樹《挪威的森林》啟蒙，其時文字風格亦受駱以軍《經濟大蕭條時期的夢遊街》影響，「跟其他人寫日記不同，我不是只交代我發生的事，我很清楚知道，我怎麼寫，會影響別人怎麼看。」那時的書寫，已是小說的雛型嗎？「很多祕密不想讓別人知道，於是把真實事件包裝、改造成別人可以讀，又不會暴露祕密的方式。」或許因為這段經驗，使他後來的小說有了這樣的面目：「它們讀起來看似離我的生活很近，但我不認為跟我很親密的朋友會讀得出它在指涉什麼。小說是有經歷過轉化的。」

全書始於〈十歲的某個早晨〉，結束在「我」自巴黎返台，飛機窗縫所見的〈魔術時刻〉，若不說穿完成日期最早的是〈醒來〉和〈第二〉，諸篇文字讀來其實沒太大落差，大概有點像他小學四年級就已長好一張成熟的臉，鍾旻瑞說，「不知道為什麼，高中開始寫小說，我就非常有意識地希望自己的東西很好讀。」用曉暢易嚼的文字，編織線條明朗的情節，「小說或劇本對我來說都是故事，我感覺人類說故事，就是想要用具體的故事，來處理無意識裡難以處理的部分。」這使人想起他的「老朋友」村上春樹偏愛的意象「井」，「村上也用過類似的比喻說，人類如果是一棵棵獨立的樹，其實土下面的根是相連的，小說家就是往下挖要找那個根。」

除了村上春樹，鍾旻瑞現階段心儀的作家，包括瑞蒙・卡佛、孟若、海明威、還有法蘭岑。「法蘭岑是那種智商很高的作家，但我的方向不是那樣。我是先決定自己的寫作風格，才讀到卡佛。當我讀到卡佛，有一個很強烈的感覺：那就是我想要寫的東西。」他特別讚賞〈一件很小、很美的事〉，他認為他所偏愛的小說家，字面上（或對話中）訊息看似很少，卻無礙冰山底下巨大而不可見的存在，因此，無論寫劇本或小說，「我想要漸漸不依賴語言。」

我好奇何以在大多數人仍摸索跌撞的少年階段，鍾旻瑞已確知自己想要的風格？他沉吟，繼而沉默，好一會終於開口：「好想要貓過來喔。牠會給人抱嗎？」還好，還有然後：「可能跟我本來個性有關吧。不管是影像或小說，都希望它們離看的人很近。因為我自己喜歡的作品也是如此——作品的藝術高度，不是透過用字的冷門程度來決定的。」

宣稱看過的電影比小說多，十六歲那年，鍾旻瑞打定主意未來要成為一名導演。「《藍色大門》啟蒙了十二歲的我。它故事簡單，卻很深刻，一直到現在都沒被取代。」在那之後，是枝裕和。「第一部看《空氣人形》，看的時候我還未成年，但完全知道在幹麼。最喜歡《奇蹟》，導演拍小朋友如何一瞬間原諒世界，處理得很清淡很可愛很好笑，故事動能非常好。」也包括《橫山家之味》樹木希林飾演的母親一角，「原來要描述一個人的惡意或悲傷，可以這麼淡，又這麼強。」他說，「我喜歡孟若和卡佛也是同樣原因，他們的小說中沒有戰爭，沒有誰斷了手斷了腿，卻能透過短短的篇幅說穿人的本質。」

鍾旻瑞細數許多影像記憶閃閃發光的段落，不約而同指向同一件事：「我們都是平凡人，我們都有這些惡意，也有那些善意，種種複雜的成分構成了我們。」那麼，若與自己的寫作對位呢？他所企圖的也是「說穿人的本質」嗎？他一邊吃著鮭魚沙拉一邊好奇「貓到底想不想被摸啊」，一邊無預警宣布：「如果人生能過得無憂無慮的話，我是可以放棄寫作的。」真的嗎？曾經他說自己因某種「虛榮」（亦即，得到認同）才成為一個寫作的人，現在仍是嗎？「認同與否，對我而言已經不是內在需求，而變成外在需求。」因為要拍片、寫劇本，書寫的成果能被認可，就愈有機會拿到資源，「但我並不是真的很在乎別人怎麼想。」把許多事想得更清楚的此刻，「寫作很像我系統內建必須要做的事。很難分辨這是與生俱來的本能，還是成長過程中幫我建立起的生存方式。」畢竟已經錯過另一種生活方式了，「知識或思考或寫作，對我的生存有益，所以我很難不寫作——但我並不求認同了，希望作者的鍾旻瑞只是一個標籤索引。」

★

貓也有自己的冰山。我們的午餐結束，店員在咖啡館內擺妥貓罐頭，群貓各就各位，這才發現，貓有五隻。一前一後，方向交錯，各自舔食小盤內食物，「好可愛喔。」「好療癒喔。」「怎麼不吃啊。」

《觀看流星的正確方式》也寫貓，還有流星，還有夏天，「還有很多睡覺。我從小就這樣。只要碰到壓力我就狂睡，睡到我不得不醒來面對那些事情。」雖然書中多篇觸及青春啟蒙，身體政治，篇幅較長的〈泳池〉、〈肉球〉、〈容器〉、〈第五次約會的下午〉，〈指關節〉更刻畫了男、女同志在不同生命階段可能遭遇的凹陷或困境，但鍾旻瑞說，「我自己整理稿子時，覺得它們不太是愛情小說，尤其後期所關心的命題，更準確地說應該是家庭。」誠然，兩個人所共同組織的液狀之家，時有異狀，小說家就負責戳穿那些表面的假面。他認為，「家的想像會一直持續轉化，不一定透過婚姻才建立起來。」我喜歡小說裡覆蓋著沒那麼「政治正確」的陰影，比如〈第五次約會的下午〉，「即便是異性戀，也會因為要尋求更便利的生活方式，而選擇跟另一個人生活在一起。」各種各樣的考量，都是「戀愛」的成分。「我不太相信有那種很純粹的愛情。這篇小說就是某種關係的狀態比較極端的樣子吧。」

鍾旻瑞且不喜歡為小說人物命名。「一方面是我有取名字的障礙，一方面我也有點希望這些小說能成為某一種原型。那麼，當讀者讀完，不會想起這是誰誰誰和誰誰誰發生的故事，而就是一個愛人分開的故事。」他企圖抹去的，也許不只名字，「〈觀看流星的正確方式〉從頭到尾，沒有寫出情人的外表和性別；或者〈練習〉，誰知道敘事者是男生還是女生呢。」他說自己的成長背景始終感受到自由與流動，因此更希望透過小說寫出「人相處時的一般狀態」，非關性別，也非關性傾向。

不過，書中大量使用第一人稱，難道不會有對號入座的遐想？「我覺得這是人之常情，我不會無奈，我只希望大家把我看得更寬一點。」鍾旻瑞認為，真正的可怕，是寫作無法進步。「有時是自己的能力沒辦法追上自己想要成就的。」所幸，「我相信我的寫作是特別的。那個特殊性可以支撐我寫下去。就像是我在地圖上有一座自己的小島，我在那裡過自己的日子，遊客要來不來都可以，時間過去，我的島嶼還會長出新的東西。」

這樣從容，聽起來很令人羨慕。就像，「看流星雨的時候如果將視線聚焦在某一點上，是什麼都看不見的。」觀看流星的正確方式，「必須盡量將視野擴大，將整個黑夜都收納進眼底，才可以捕捉那一閃而逝的光。」在那座私人小島，應該常有靈感劃傷天空吧。

★

若看過鍾旻瑞畢製作品，對比書中故事原型〈adios〉，讓人想問，同時擁有「編劇腦」和「小說腦」的他，操作兩者有何差異？「我一直覺得我寫劇本的概念是做完畢製之後才長出來的。」

貓們已各自午休。「《挪威的森林》永遠不會有完美的改編，《大亨小傳》也是。」鍾旻瑞解釋，「光是書中主角的臉，讀者就各有想像，這是第一層落差。第二層落差是時間——電影從第一秒播到最後一秒，是非常線性的，就連在家看電影都很難因為某句對白寫得好好，就暫停或倒轉，更何況在電影院？因此時間是完全被導演控制的。但小說不一樣，你讀過去，發現後面的東西跟不上，可以回頭再看，或是某兩、三句對白寫得很好，你可以停在那邊讀很久，因此，時間掌握在讀者手中。」

而電影中長達兩分鐘的對白，對小說讀者而言，幾十秒就能讀完，「語言的重量跟質感是不一樣的。」鍾旻瑞笑說，以前劇本課只要寫吵架的戲就會挨罵，「我受到的訓練是，『你要用行動來解決事情』，讓角色去做些什麼，而非說些什麼。」

那麼，創作劇本和小說所花的力氣是等量的嗎？「劇本不能說比較難，但限制比較多。約翰．厄文說，『寫小說是在大海裡游泳，寫電影劇本是在浴缸裡游泳。』因為劇本有自己的格式，表達時間上也有很大不同。」小說家如果寫「我每天都來這家店吃午餐」，「電影不可能連拍那個主角一個月都到同樣地方吃午餐。」鍾旻瑞認為，「小說的視覺在讀者腦中，時間在讀者手中，但小說作者是創世神。電影則完全相反，導演看似控制了觀眾的視覺跟時間，對於影像的詮釋權卻掌握在觀眾手中。」

事實上，鍾旻瑞不只寫作散文或小說，編劇，拍片，還創作詞曲，自彈自唱，也能攝影，難道他這世代的人都是多核處理器？「對我來說就是資訊發達欸。」他說，「因為網路，很多技能的技術門檻都降低了。我覺得未來的小朋友一定也會愈往這方向發展。就像多藍（Xavier Dolan）也是什麼都可以做，當然你要專精某類技術還是得付出努力，但如果只是想入門並不難。」身處網路時代，社群網站昌盛，除了吞吃創作者時間，在互動即時的可能下，多數人也很難逃脫快速回饋的糖，「但小說要成為一本書還是需要過程，如果是影視作品就更久，動輒兩三年……」

「那為什麼還寫小說、甚至拍片？」

「說真的是因為我太相信結構了。」

「我不喜歡下結論，也不愛過於武斷的詮釋，想讓一個問題（或議題）有辯證的空間，要能好好把一件事說完整，一定要有一個長度，一定要有結構。」這是鍾旻瑞的告白。

★

秋天之後，鍾旻瑞將成為第一屆北藝大文學跨域創作研究所新生。他為此階段提出了非虛構寫作計畫，因此特別期待能學到與田野調查相關的功夫，「如果創作要走得更長遠，我必須擁有這份技藝。」

鍾旻瑞坦承自己患有寫稿拖延症。「有完美主義，怕事情做不好，導致事情做不完，造成惡性循環。彷彿半成品放在那邊，一定可以想到更好的處理方式。」然而漸漸，調適自己，「回頭看高中或剛上大學時寫的東西，一定會忐忑不安，但如果視為我人生的一部分的話，就會覺得每個階段都有它那個時候才可以呈現出來的東西。如果我不往前進，一直困在過去，就會錯失現在。」

這些積累多年的小說稿，很可能繼續被囤放在電腦硬碟，「決定告別的關鍵，應該是長篇的輪廓愈來愈清楚了。」已經寫了序章的全新長篇，將會針對「說謊」跟「虛構」進行辯證，主角是一名「創作者」，而他素所在意的「結構」也至為關鍵。鍾旻瑞的部落格「圍牆」裡面不定期的貼文，曾針對「為賦新詞強說愁」有過一針見血的評論：「扮演出來的東西才需要小心翼翼地去營造。」真實之為物，和虛構的創造，是對立的存在，或有一條看不見的臍帶？他當時的結論：「畢竟日常這麼無聊，不從文字下手，要怎麼離它遠一點。只是時時提醒自己，生活的核必須往深處去挖，而不是往更高處去找。」

如此誠懇的琢磨推敲，使我想起，他還寫過這樣一段文字：

寫作的時候我常常覺得自己在說謊，我寫下一則不曾發生的故事，然後我告訴大家「這都是真的」；我假裝自己是別人，用他們的聲音說話；我想像我能有一個更好的人生去揮霍，或是一個更壞的人生來卸責；寫作的時候我常常覺得自己在說謊，但又比任何一刻都來得誠實。

九 歌 文 庫 1 3 1 2

# 觀看流星的正確方式

國家圖書館出版品預行編目（CIP）資料

觀看流星的正確方式／鍾旻瑞著．-- 初版．-- 臺北市：九歌，2019.08

面； 公分．--（九歌文庫；1312）

ISBN 978-986-450-251-6(平裝)

863.57 108010776

作　　者 —— 鍾旻瑞
內頁繪圖 —— 何彥諺
責任編輯 —— 張晶惠
創 辦 人 —— 蔡文甫
發 行 人 —— 蔡澤玉
出　　版 —— 九歌出版社有限公司
台北市 105 八德路 3 段 12 巷 57 弄 40 號
電話／02-25776564・傳真／02-25789205
郵政劃撥／0112295-1

九歌文學網 www.chiuko.com.tw

印　　刷 —— 晨捷印製股份有限公司
法律顧問 —— 龍躍天律師・蕭雄淋律師・董安丹律師
初　　版 —— 2019 年 8 月
初版 3 印 —— 2021 年 11 月
定　　價 —— 300 元
書　　號 —— F1312
I S B N —— 978-986-450-251-6 （平裝）